中華街の子どもたち

横浜ネイバーズ❻

岩井圭也

ハルキ文庫

角川春樹事務所

中華街の子どもたち

横浜ネイバーズ6

本書はハルキ文庫の書き下ろし作品です。

1

罪を犯すことに抵抗がなくなったのは、いつからだろう？

少なくとも、孝四郎《こうしろう》が生きていた時はまだこんな風ではなかった。犯罪とは縁のない半生を送っていた、と断言できる。やっぱり、あの時からすべての歯車が狂いはじめたのだ。すべてを手放し、「翠玉楼《すいぎょくろう》」から逃げ出したあの時から。

リビングのソファに腰を下ろし、グラスにそそいだ琥珀色《こはくいろ》の液体を舐《な》める。このところ、アルコールといえばウイスキーのストレートだ。体質的に、ウイスキーを飲むと酔いやすいことはわかっている。だからこそ飲まずにはいられない。酔わずに過ごせるほど、平坦《へいたん》な日常は送っていない。

スマホを操作して、お気に入りのピアノソナタを流した。少し音が割れている気がしたが、音質はどうでもいい。この静寂を埋めてくれさえすれば。

歌詞のある音楽はしばらく聴いていない。ちょっとした歌詞の言葉から、余計な記憶がフラッシュバックしてしまうせいだ。映画も観《み》ないし、小説も読まない。趣味らしきものといえば唯一、こうしてアルコールを飲みながらクラシック音楽を聴くことくらいだ。

最近、よく昔を思い出す。

三十代の頃《ころ》は、こんなことなかったのに。年齢のせいだろうか。五十を過ぎると、人は過去を懐かしんで生きていくのかもしれない。もっとも、私には積極的に懐かしみたくなるような過去はほとんどない。

あるとすれば、「翠玉楼」の嫁になる前の記憶がそれにあたるだろう。孝四郎と付き合いはじめてから結婚するまでの日々は、派手ではないけれど幸せだった。

なのに――。

グラスを傾けると、ウイスキーが喉《のど》の奥を焼いた。

瞼《まぶた》を閉じると、浴槽に沈んだ孝四郎の顔が浮かぶ。この十数年、あの表情を忘れたことは一度もない。

裸で仰向《あおむ》けになって横たわる孝四郎は、苦悶《くもん》に満ちた顔で天井をにらんでいた。あの家はたいして広くもなかったのに、浴槽だけは妙に広かった。もしかすると、義父の趣味だったのかもしれない。だとしたら皮肉なことだ。あのじじいのことは今でも許していない。口を開けば私への説教。そうでなくても、あの人は孝四郎を三十年以上も苦しめ続けた。孝四郎の母が家を出た気持ちもよくわかる。

あの時私は、孝四郎が死んだことを悟ると同時に思った。

——全部、なくなった。

私には孝四郎がすべてだった。心を支えていた柱が、粉々に砕ける音が聞こえた。孝四郎がいなくなった以上、あの家に留《とど》まる理由はなかった。

唯一、龍一《りゅういち》のことだけは頭をよぎった。

曲がりなりにも、龍一は私と孝四郎の息子だ。あの時、実の子どもを見捨てるのか、と別の自分が叫んでいた。それでも私は「翠玉楼」を去ることを選んだ。そうするしかなかった。

だって、龍一のことを愛している、とは言えなかったから。

今、いくつになるのだろう。生まれた年から、指を折って数えてみる。二十三。いや、もう二十四か。

最後に龍一と対面したのは、みなとみらい駅の改札だった。私にとって、「翠玉楼」での日々の次に、最も屈辱的な記憶だった。

あの日、私が作り上げた母親だけの地面師集団——警察からは〈マザーズ・ランド〉と呼ばれていたらしい——は崩壊した。私以外の全メンバーが、警察に捕まった。

彼女たちには本当に申し訳ないことをした。私だけが逃げてもいいのか、という躊躇《ちゅうちょ》もあった。しかしあのビルに入った瞬間、これは罠《わな》だ、と気付いてしまったのだ。その時すでに、仲間たちは罠のなかへ足を踏み入れていた。そこに行けば捕まる、とわかっていながら立ち入るバカはいない。私は一人だけでも逃れることを選んだ。それはほとんど、生存本能だった。

——もし、龍一がいなければ。

当時、私たちが神奈川県警にマークされていたのは間違いない。龍一がいてもいなくても、結果は同じだったかもしれない。

だとしても。

龍一さえいなければ、何かやりようがあったはずだ、と思わずにはいられない。

酒を飲み干し、グラスをローテーブルに叩《たた》きつけた。ゆったりとした音色が場違いに思えた。舌打ちをして、ピアノソナタを停止する。結局のところ、音楽など関係なく、私は過去を思い出してしまうのだった。もはや不可抗力だ。

ガラス瓶をつかんで、ウイスキーをグラスに勢いよくそそぐ。数年前まで、飲もうとすら思わなかった高級酒だ。勢いがよすぎたせいかテーブルに少しこぼれたが、どうでもよかった。

もしも、〈アルファ〉と出会っていなかったら。

高級ウイスキーを飲むどころか、その日の食事にも事欠いていたかもしれない。そもそも、今日まで逃げ延びることすら難しかっただろう。想像するだけで恐ろしい。

立て続けにストレートで二杯飲むと、さすがに頭がくらくらしてきた。何か、腹にたまるものがほしい。キッチンに向かおうとソファを立ち上がったところで、スマホが震動した。

　発信元は〈アルファ〉だった。すぐさま受話ボタンをタップする。

「はい」

「こんな時間に悪い」

　年代物のスピーカーを通したような、低い声が耳に届く。

「大丈夫。何かあった？」

「……飲んでたか？」

「なんでわかったの」

「いつもの〈ドール〉なら、もっと警戒した声を出す」

　口をつぐんだ。酔っていることを見抜かれた恥ずかしさで、声が出ない。〈アルファ〉は「文句を言うつもりはないんだが」と淡々と言った。

「今後の事業の相談をしたくてな――」

「次の案件は、手配済みだと伝えたはずだけど？」

　そのことなら、つい数日前に〈アルファ〉と話したばかりだった。いつものように、SNS経由で集めた男たちを使って、高級住宅街への強盗《タタキ》を仕掛ける。ターゲットの住民も調査済みだった。

「違う。個別の案件ではなくて、今後の方針についてだ」

「……ああ」

「やはり、今後はリアルでの事業はできるだけ避けるべきだと思う」

数か月前、実行犯のまとめ役だった連中が逮捕されてからというもの、〈アルファ〉は強盗に慎重になっている。彼は代わりのビジネスとして、サイバー犯罪へのシフトを推し進めている。

サイバー空間での犯罪は痕跡《こんせき》が残りにくく、自分たちが捕まるリスクも低い、というのが〈アルファ〉の主張だった。どういうコネクションを使ったのかわからないが、彼はこの二か月で技術者を組織し、すでにフィッシング詐欺を展開している。

「粗利の高さは前に話した通り。こっちのほうが有望なビジネスであることは明白だ。手間もかからないし、乗り換えない手はない」

〈アルファ〉は徹底して、犯罪行為を「ビジネス」とか「事業」と呼ぶ。その気持ちはわからないではない。私も地面師詐欺をしている時、「詐欺」とは言わなかった。言えば、私たちが犯罪者だという事実と直面する羽目になるから。

「わかるけどね」

「なぜ〈ドール〉は、そこまでリアルにこだわるんだ？」

不機嫌そうな声だった。

「こだわっているわけじゃない。ただ、リアルでしかできないこともあるんじゃないかと思って」

「たとえば？」

――復讐《ふくしゅう》。

喉元まで出かかった言葉を呑《の》みこむ。黙っていると、〈アルファ〉は「まあいい」と言った。

「いずれにせよ、オンライン事業のほうが儲《もう》かるのは事実だ。今後はヒトもカネも、そちらに注力する。いいね？」

私たちは一応、対等な立場ということになっている。〈アルファ〉はよく、彼と私は「共同代表」だと言うが、力関係に差があることは自覚していた。この半グレ集団を一から作り上げたのは、あくまで〈アルファ〉だ。途中参加の私のほうが、発言権が弱くなるのは避けられない。

「……わかった」

「納得してくれてよかった。今後のスケジュールなんだが……」

それから〈アルファ〉は、本格的なビジネスのシフトに向けた計画を語りはじめた。実働部隊はSNS経由の募集ではなく、個人間の紹介で調達するのだという。私は流されるまま、その話に耳を傾けた。ぼうっとしている場合じゃない。そう思うほど、意識が拡散していく。少し飲みすぎたかもしれない。

重たい瞼の裏に、苦しげな孝四郎の顔が浮かび上がった。

もしも孝四郎が生きていたら、今の私を見てどう思うだろう。すぐにそんなことやめろ、と怒るだろうか。考えて、つい苦笑した。もしも孝四郎が生き返るのなら、私は喜んで警察に駆けこむだろう。

「〈ドール〉？」

電話の向こうから、鋭い声が聞こえた。慌てて気を引き締める。

「聞いてたか？」

「ごめんなさい、疲れていて」

「頼むよ。私ときみは、一心同体なんだから」

そうだ。今の私には〈アルファ〉しかいない。この人に捨てられたら、本当にすべてを失ってしまう。私は今、南条不二子《なんじょうふじこ》ではない。警察が血眼《ちまなこ》で追っている半グレ集団のトップ、〈ドール〉なのだ。

「もう一度聞かせて？」

背筋を伸ばし、思考に集中する。

孝四郎の死に顔は、白い霧のなかにまぎれ、やがて消えていった。

＊

びーん、という鈍い音が洗面所に響く。

ロンは鏡を見ながら、口を曲げたり頬《ほお》を引っ張ったりしつつ、電動シェーバーで顔をなでていた。

もともと毛が薄い体質ということもあって、ひげそりは週に一度くらいしかやっていなかった。だが最近になって、アルバイトとはいえ法律事務所に勤めている以上は清潔感が大事なのではないか、と思うようになった。先月から、バイトがある日は毎朝剃《そ》っている。

服装も一応は気をつけていた。シミ付きのTシャツや擦り切れたデニムでは出勤しない。綺麗《きれい》なTシャツと真新しいデニムで行くようにしている。清田《きよた》弁護士からは「そもそも襟付きのシャツにしてくれたほうが……」と小声で言われたが、持っている夏服はほとんどがTシャツのため仕方ない。

一階にある〈横浜中華街法律事務所〉で働きはじめて、半年になろうとしていた。

「ねむっ」

つい、独り言が口からこぼれた。事務所の雑務にも慣れてきたが、早起きだけはどうしても慣れない。早起きといっても、事務所へ行くのは午前十時だが。

顔を洗うと多少眠気が薄れた。腹は減っていたが、朝食はパスする。すでにスマホは九時五十五分を示していた。

「行ってきまーす」

ダイニングの良三郎《りょうざぶろう》に声をかけてから、ロンが手ぶらで玄関を出ようとすると、「おい待て」という声が追いかけてきた。足を止めて振り返る。

「なんだよ」

「なんだよ、じゃない。お前、忘れてないか」

「何を？」

用事を頼まれた記憶はなかった。良三郎が「しょうがねえな」と言い、杖《つえ》をついて近づいてくる。

「ロン。お前、何歳になった？」

「二十四。そろそろ遅刻しそうだから、じいさんと遊んでるヒマないんだけど」

「黙れ。あのな。お前、周りの人間見てみろ。なんか忘れてることないか？」

まったく意味がわからない。ロンが無視してドアを開けようとすると、その手首を良三郎がむんずとつかんだ。腕の細さからは想像がつかないほどの力強さである。

「いいかげん、家に金入れろ」

一瞬、家のなかの時が止まった。

次の瞬間、ロンはとぼけた顔で「えっ？」と首をかしげる。

「家？　金？」

「しらばっくれるなら、もうちょっとうまくやれよ」

「まあまあ、それはさ、今後の成長に期待ってことで」

「二十四にもなって、家に金も入れずに実家でタダ飯食ってのうのうと暮らしてるのはお前くらいだ」

「そんなことないでしょ。マツもそうなんじゃない？」

「ろくでなしが、ろくでなしを例に出すな」

たしかに、実例として適切ではなかったかもしれない。ロンは「そのうちね」と言いながら再度ドアを開けようとしたが、また手首をつかまれた。

「お前、法律事務所で働きはじめてから収入増えたんだろ」

「いいや、全然」

「目が泳いでるぞ」

ロンは慌てて良三郎から顔をそむける。法律事務所の仕事はさして時給がいいとは言えなかったが、拘束時間が長いため結果的に収入は増えている。最近では、日雇いの警備員バイトにはほとんど行っていなかった。

こつ、こつ、といらだたしげに杖で床を突く音がする。

「うちの一階、タダで貸してるだろうが。家賃取ってないんだから、せめてロンのバイト代から少しは払え」

「その話は終わっただろ。空いてたんだからいいじゃん」

「せめて電気代と水道代くらいは払え！　あの弁護士、バカみたいにコーヒー飲みやがって。遅くまで残業もしてやがるし」

　良三郎の言うことも、もっともではあった。たしかに家賃はゼロでいいと言われたが、光熱費までゼロとは言われていない。ここまで清田が負担なしで事務所を構えていられるのは、良三郎の好意でしかなかった。

「じゃ、清田先生に請求しろよ」

「あの弁護士、また泣き落とししてくるだろ」

　良三郎がげんなりした顔つきで言った。

　先月すでに、良三郎は清田に光熱費を支払うよう求めていた。ロンもその現場に居合わせたのだが、良三郎が「電気代」と口にした瞬間に、清田は泣き顔ですがりついた。その必死の形相は、百戦錬磨の元経営者ですらたじろぐほどだった。良三郎が「あれは参った」とこぼす。

「一番苦手なんだよ、泣かれるのは」

　ロンはため息を吐《つ》く。大の大人が本気で泣く姿を見ることはそうそうないはずだが、清田に限ってはすでに何度も見てきた。

「あの人、金の話する時だけはやたら腰が低いんだよな」

清田の手元に金がないことは、事実ではある。直接経理を扱うわけではないが、ロンにも事務所の台所事情はおおむねわかってきた。

もともと、清田は債務整理など金にならない仕事ばかり引き受けているため実入りが少ない。なかには唐突に連絡を絶ってしまう依頼者もいるため、そのケースは丸々タダ働きだ。そうでなくても、解決後に即金で対価を支払える依頼者はごく稀《まれ》だった。微々たる収益から清田自身の生活費を確保し、ロンにアルバイト代を支払えば、ほとんど金は残らない。

「清田先生も生活切り詰めてるみたいだし、大目に見てやってよ。中華街の人の相談にも乗ってるでしょ？」

痛いところを突かれた、とばかりに良三郎が口をへの字に曲げる。

清田は事務所を構えて以来、無料で中華街の店主たちの法律相談に乗っていた。弁護士の意見を聞きたがる者はロンが思っていたよりも多く、毎週のように、近隣住民たちが相続や客とのトラブルといった相談事を持ちこんでくる。清田の丁寧な対応もあって、評判は上々だった。仮にも中華街の顔役を自認する良三郎にとって、清田は邪険に扱える相手ではなくなっていた。

「お互い持ちつ持たれつってことで、よろしく頼むわ」

「あの弁護士から徴収するとは言ってない。お前が家に金を入れてないのは、別問題だ。いいから金入れろ」

ロンは顔をしかめる。

——ごまかしそこねたか。

「まあまあ、落ち着いて」

ロンは良三郎のほうを向きながら、後ろ手に施錠を解き、ドアハンドルを握る。隙《すき》をついて一気にドアを押し開け、身体《からだ》を外へ滑らせる。

「話の続きは、また今度で」

「おい、こら！」

追いかけてくる良三郎の怒声を振り切って、外階段を下る。一階の事務所のドアをくぐると、十時五分だった。清田は奥のデスクですでに仕事をはじめている。あいかわらず、後頭部には派手な寝ぐせがついていた。

この事務所は、四川《しせん》料理の名店「翠玉楼」の店舗を居抜きで使っている。そのため内装は赤や金で彩られており、中華料理店丸出しであった。思いきり鼻から息を吸うと、今にも麻婆豆腐《マーボーどうふ》の匂《にお》いがしてきそうだ。

「お疲れ様です」

清田が「おはようございます」とノートパソコンから顔を上げた。

「何か、玄関で揉《も》めてましたか？」

「聞こえてました？」

「だいたいは。たまにテレビの音も聞こえてきますよ。ここ、天井が薄いんですかね？」

聞こえていたということは、誰《だれ》の話をしていたかも知っているはずだが、清田は平然とキーボードを叩いている。この肝の太さというか図々しさは、ロンも素直に羨《うらや》ましい。何事もなかったかのように、清田は今日の仕事について説明をはじめた。

「まずは、昨日お願いした書面作成の続きをお願いします。できたらメールで送ってください」

「了解です」

「あと、午後三時に顧客が来ます」

「来客対応っすね」

ルーティンワークはだいたいわかっている。パーテーションの内側の応接スペースに案内して、一本四十九円で買ってきたペットボトルの緑茶を出し、清田の手が空いていなければ相談の概略を聞き取る。

「では、今日もしっかり働きましょうか」

清田が言ったとたん、彼のスマホが鳴った。一コール目で電話を取る。

「はい、横浜中華街法律事務所です」

すました声で答える清田には、泣き落としで良三郎に迫った時の面影はなかった。

ランチタイムのピークを過ぎた午後一時半、馬車道《ばしゃみち》のチャイニーズレストラン「紅林《こうりん》」は八割ほどの客の入りだった。ロンと清田は並んでカウンター席についている。カウンターの内側の厨房では、見なれた男が定食の準備をしていた。茶碗《ちゃわん》やスープをトレイに載せ、両手でふたつのトレイをいっぺんに持ち上げる。

ロンの幼馴染《おさななじ》み——マツこと趙松雄《ジャオ・ソンシオン》は、唐揚げ定食を二人の前に置いた。

「はい、お待ち」

「おお、サンキュー」

ロンは軽く礼を返して、割り箸《ばし》を手に取る。清田は「ありがとうございます」と頭を下げている。立ち去ろうとするマツに、ロンは「おい」と声をかける。

「ちょっとだけ話せるか?」

「洗い物あるから」

「本当、ちょっとだけだから」

マツが横目で厨房を見やると、店主らしき男性が「五分な」と手のひらを上げた。会話を聞いていたらしい。

「すんません」と軽く頭を下げて、マツはロンの隣の空席に腰を下ろした。盛り上がった肩を揉みながら、「急ぎ？」と問う。体型がたるんでいないところから察するに、今も柔術は続けているようだった。

彼が「紅林」で働きはじめて一年が経《た》つ。この店で働いているのは、調理師になる修業のためだった。飲食店で二年以上調理の実務を経験していれば、調理師試験を受けることができる。実家は「洋洋飯店《ようようはんてん》」という中華街の老舗《しにせ》なのだが、「親にこき使われたくない」という理由で、わざわざここで働いている。

「カンさんのことなんだけど」

ロンが言うと、マツの顔が険しくなった。

カンさんとは、マツの柔術の先輩である上林《かんばやし》のことだ。多額の借金を負って自殺未遂を起こしたが、その後、清田の協力を得て自己破産の手続きを行った。現在は川崎《かわさき》市のサガミ港産《こうさん》で働いている。

「何か、問題でも起こしたか？」

「違う、いいニュース。カンさん、契約社員だったんだけど、働きぶりが認められて正社員として採用されることになったって」

「本当か！」

マツの顔が、ぱっと明るくなった。

「山田《やまだ》課長が言うには、めちゃくちゃ真面目《まじめ》に仕事してるらしい」

サガミ港産人事部の山田課長とは、かつてロンの仲間・凪《なぎ》の過去を調べる過程で知り合った。上林がサガミ港産で働いているのも、ロンが山田に紹介したためだ。正社員採用の知らせを受けたのは、つい一時間ほど前だった。清田と相談して、マツに直接伝えるために「紅林」までランチを食べに来たのだ。

「カンさん、言ってたんだよ」とマツが得意げに言う。

「俺《おれ》やロンに恥かかせるわけにはいかないから、この仕事だけは絶対に途中で投げ出さない、って」

「なら、約束を守ってくれたってことだな」

「それでこそカンさんだよ」

新しい客が入ってきた。マツは「いらっしゃいませ」と慣れた口調で言いながら席を立つ。店主の指示を受け、厨房で炒《いた》め物を作りはじめる。働きはじめたころは下ごしらえや配膳の仕事ばかりだったが、最近は調理もかなり任されているらしい。鍋《なべ》を振る姿は堂に入っている。一年前の、フラフラしていたマツからは想像もできない光景だった。

「いつ来てもおいしいですね、ここの唐揚げは」

感慨にふけるロンの横で、清田はむしゃむしゃと唐揚げ定食を食べている。

「清田先生」

「はい？」

頭を動かすたび、寝ぐせがバネのようにぴょんぴょんと跳ねる。

「先生はなんで弁護士になろうと思ったんですか？」

「どうしたんですか、急に」

「いや、なんとなく」

清田はしばし唐揚げを咀嚼《そしゃく》してから、「そうですね」とつぶやいた。

「私、実家が貧しかったんです」

「はあ」

「母子家庭でね。母の収入はそんなに多くなかったし、おまけに祖父が遺《のこ》した借金があったもんで、家計はつねにかつかつでした。母は私と弟をどうにか食べさせるので精一杯で、小さい頃から欲しいものも買ってもらえませんでしたし、母自身もほとんど贅沢《ぜいたく》をしていませんでした。私も中学生からアルバイトをはじめていたんですが、どうして自分ばかりがこんな思いをしなくちゃいけないんだろう、と何度も思いました」

淡々とした口ぶりで、「母親はとても頑張っていましたがね」と付け加える。

ロンは否《いや》が応でも、自分の母を思い出さずにはいられなかった。小学三年生だった冬の日、自分を捨てて失踪《しっそう》した母親。貧しくとも懸命に働いていた清田の母とは対照的に思えた。

清田は唐揚げを食べながら続ける。

「それでまあ、子どもながらに手に職をつけたいと考えました。それも、できるだけ稼げる仕事がいい。となると、子どもの頭には医者か弁護士しか思いつきませんでした。私は理系科目が得意ではなかったので、消去法で弁護士になろう、と。その程度の動機です」

――意外だな。

清田のような信念のある弁護士は、てっきり強い決意の下で弁護士を目指したのだとばかり思っていた。

「稼げる仕事、ですか」

「要は子どもの浅知恵ですね。弁護士もピンキリだなんて当時は知らなかったですから。ピカピカの徽章《きしょう》さえつければ、自動的にお金持ちになれると思っていました。まさか、こんなに貧乏になるとはね」

苦笑した清田は、熱いスープに口をつける。

「だったらなんで、稼げる仕事をやらないんですか」

「……かっこをつけて言えば、昔の私を助けるため、ですかね」

厨房でマツが「Cランチ入りました」と叫び、店長が「あいよ」と応じた。清田はテーブルに向かって語りかける。

「私も家族も、祖父の借金でずいぶん苦しみましたから。同じように債務で苦しんでいる人を見ると、放《ほう》っておけないんですよ。ここで見捨てたら、昔の自分を見捨てることになる。そう思うと、依頼を引き受けないわけにはいかない。そんなことを続けているうちに、元いた事務所を追い出されました」

ははは、と清田が朗らかに笑う。

「その……今、お母さんは？」

ロンが慎重に尋ねると、清田は「おかげさまで」と言った。

「弟の家族と、二世帯住宅で暮らしてます。借金もずいぶん前に完済して、母はもっぱら孫の世話を楽しんでますよ。私と違って弟は出来がよかったもので、大企業で部長を務めています。そのおかげで、私は心置きなく親不孝ができるというわけです」

清田は箸を動かし、唐揚げを頬張る。その横で、ロンの箸は止まったままだった。

きっかけはともかく、清田のやっていることは隣人を助けることに他ならない。上林をはじめとした依頼者たちは、清田を〈最高の弁護士〉と呼んでいる。

それに引き換え、ロンがやってきたことは本当に隣人たちのためになっていたのだろうか。持ちこまれるトラブルに場当たり的に対応するばかりで、問題の根本に向き合ってきたとはとても言えない。清田の仕事に比べると、自分がやってきたことはどれもこれも幼稚に見えてくる。

「……やっぱり、なんだかんだ言っても立派っすね。清田先生」

間髪を容《い》れず、清田は「とんでもない」と言った。

「ただ、自分が好きなように仕事をしてきたまでです。弁護士になったのはお金を稼ぐためだし、債務整理を手がけているのは自己満足のため。でも、それでいいと思っています」

清田の声音は、ロンの胸のうちを読んでいるかのように優しかった。

「もちろん、幼少期の夢を叶《かな》えるのは素敵なことです。プロスポーツ選手だとか、芸術家だとか、今ならユーチューバーというのもそうですかね。とにかく、確固たる目標を持って突き進むことは、決して悪くはない。ですが、現実には夢を叶えられる人はほんの一握りですし、そもそも夢を持つこと自体、一部の人にしかできないことだと言えます」

ロンはふと、小さい頃に料理人を目指していたことを思い出した。そんな自分は現在、鍋や包丁を扱うことなく、ノートパソコンでせっせと書類を作っている。

「なりゆきでもなんでもいいんですよ。依頼者にとっては、私が弁護士になった動機なんてどうでもいいんです。大事なのは、一人でも多くの人が助かることではないでしょうか？」

清田は茶碗を持ち上げ、照れ隠しのように「大盛りにしとけばよかったですね」とこぼした。ロンはその横顔をまじまじと見る。顎《あご》の下には剃り残したひげが伸び、眼鏡のレンズは指紋で汚れていた。それでも、清田はかっこよかった。

――敵《かな》わないな。

金がないんです、とさんざん泣きつかれてきたはずなのに、それでもロンは、どうしても「清田先生」と呼んでしまう。雇い主に対して形式的に呼んでいるのではなく、自然とそうなってしまうのだ。

きっとその呼び名は、これからも変わらないだろう、と思う。

「法人化？」

思わず、ロンはそっくりそのまま問い返した。夏の山下《やました》公園にすっとんきょうな声が響く。海を眺めていたカップルが振り返った。

「ロンちゃん。大きな声出さないでよ」

ヒナにたしなめられ、ロンは「悪い」と首をすくめる。

週末、ヒナの提案で山下公園に来た。二人で外出するのは久しぶりだ。休憩のためロンがベンチに腰かけると、隣で車いすを停《と》めたヒナがいきなり「うちのサークル、法人化するんだけど」と言い出したのだ。

ヒナは四月から、大学のプログラミングサークルで代表を務めている。サークルで独自にＡＩツールの開発を行っていることはロンも知っていた。

「だって法人化ってことは、起業するってことだろ？」

「そんな大したことじゃないから……たぶん、ね」

ヒナが真剣に考えこむ。陶器のようになめらかな眉間《みけん》に皺《しわ》が刻まれた。

「いや、大したことだろ。待てよ。ヒナってサークルの代表だよな？」

「まあね」

「ってことは、ヒナが社長？」

「そうなっちゃうね」

自分から話したことなのに、ヒナは困惑を隠そうともしない。

「すごいじゃん、菊地《きくち》社長」

「茶化さないでよ」

「本気ですごいと思ってる。だいたい、なんで法人化なんて話になったんだ？」

うーん、とヒナが首をかしげる。どこから話そうか迷っている風だった。

「うちのサークルで開発してるのって、いわゆる生成ＡＩなのね。ほら、ChatGPTとかグーグルのGeminiとか、聞いたことない？」

「……聞いたことだけは」

ＳＮＳすらまともにやっていないロンには、異世界の話のようである。それでも、サービスの名前くらいは聞いたことがあった。

「生成ＡＩっていうのは、簡単に言えば、こっちが指示を出すとテキストとか画像とか音声とか、そういうコンテンツを自動で作ってくれる技術のことね。だから文章を書いたり絵を描いたりするスキルがなくても、素敵な文章やイラストを一瞬で作ってくれる。あと、話しかけると質問への答えを返してくれたり、問題を解決するための助言をくれたりする」

「なるほど」

ここまでは何とか理解できている、つもりだ。ヒナは「ただ」と続ける。昼過ぎの日差しを浴びて、黒髪がつややかに輝いていた。

「わたしたちが作っている生成ＡＩは、コンテンツ作成の役に立ったり、トラブル解決に直接のヒントを与えたりはしない」

「……うん？」

急にわからなくなった。

「言ってること、さっきと違うんじゃないか？」

「さっきのは一般的な生成ＡＩの話。わたしたちはあえて、既存の生成ＡＩが見落としてる領域にチャレンジしようと考えてる。つまり、問題の本質を明らかにすることに焦点を当てている」

穏やかな海を眺めながら、ヒナは人差し指を立てた。

「既存の生成ＡＩは、答えのある問題に回答するのはめちゃくちゃ強い。あの俳優の代表作は何ですか、とか、あの街の名産品は何ですか、とかね。でも、答えがない問いにはほとんど答えられない。たとえば人間関係の悩みとか、仕事のトラブルとかね。回答できたとしても、当たり障りのない、漠然とした答えしか返せない」

「へえ」

「わたしたちの生成ＡＩは、そういう難問を解決する手助けをしたい」

——そんなこと、できるのか？

ロンが尋ねるより早く、ヒナは続ける。

「極論、人間関係の悩みとかって、質問者が自分で解決するしかないじゃない？　人間のアドバイスでも素直に聞けないのに、ＡＩからどうのこうの言われても、納得感は生まれにくい」

「それはそうかもな」

「だからわたしたちは、課題の本質を突き詰めることに特化した」

潮風がヒナの前髪を揺らした。

「たとえば、恋人との関係がうまくいかなくなった男性がいるとする。その人は恋人とやり直したいけれど、何が問題だったのかわからない」

「たとえばの話、な」

「そういう時、わたしたちのつくったＡＩに質問を投げると、どんどん問いをブレイクダウンしてくれるの。最初に漠然と、『恋人とうまくいかない』という質問を投げると、『原因に心当たりはありますか？』って向こうから打ち返してくれる」

「ちょっと待て。ＡＩにそんなプライベートな相談する人がいるのか？」

「ＡＩだからこそ、だよ。知り合いには知られたくない悩みでも、平気で打ち明けられるでしょう？　ＡＩは誰かに言いふらしたりしないし、勝手にＳＮＳに書きこんだりもしない」

　言われてみれば、その通りだ。

「さっきの続きだけど、たとえば『自分の生活態度がだらしなかったからかもしれない』と答えると、『具体的にはどういった点ですか？』って訊《き》き返してくれる。すると、『家事をほとんどやらないところ』という答えが浮かんでくる。そう打ちこむと、今度は『恋人にどんな家事をまかせていたんですか？』と質問が返ってくる。こうしてどんどん、悩みを具体的にしていくの。悩みの本質が具体的になれば、解決のために行動できる、ってわけ」

　思わずロンは、「おお」と唸った。ヒナがわかりやすく話してくれたおかげか、ＡＩの特徴はだいたい理解できた。

「それ、すでに実現できてるのか？」

「一応、プロトタイプはできたよ」

「すごいじゃん！」

「細かい課題は色々あるけど」

ヒナが軽くうつむき、はにかんだ。

「でね、そのAIツールを〈トイカエス〉って名付けてるんだけど」

問い返す。使い方が連想できる、明快な命名だった。

ヒナたちは、初夏に開催された展示会でその〈トイカエス〉を発表したのだという。IT関係の起業家や投資家が集まる展示会だったが、大学生のヒナたちは、あくまで興味本位での参加だった。せっかく開発したのだから力試しをしてみたい、という程度の考えだったようだ。

だが、意外なことにあるベンチャー企業が強い興味を示した。

「〈トイカエス〉を自社サービスに導入したいから、ライセンス契約を締結してほしい、って言われたの」

「金払ってでも使いたい、ってこと？」

「そうだね」

ヒナは肩をすくめた。

「趣味でやってただけで、お金儲けしようなんて考えてなかったから困っちゃった。拒否することも考えたんだけど……」

「それはもったいないだろ」

「だよね。だから契約は締結することにしたんだけど、だったらこの際、法人化したほうが何かと都合いいだろうって。ライセンス料も結構な額だし、学生サークルの名目で続けるのはちょっと、って話になって」

はー、と言ったきり、ロンはしばらく言葉が続かなかった。つい最近まで近くにいたはずのヒナが、一気に遠くまで行ってしまった気がした。

「すごいな。それだけのものを、ヒナたちが作ったってことだろ」

「こんなことになるとは思ってなかったけど」

口元を固く引き結んだヒナは、寂しげに水面を見つめている。聞く人が聞けば心の底から羨ましがりそうな話だが、当人に浮かれた様子はない。むしろ、戸惑いのほうが強いようだった。

「嬉《うれ》しくないのか?」

「もちろん、嬉しいよ。評価されたことはね。でも、わたしはもともとプログラミングを勉強したくてサークルに入っただけだし、〈トイカエス〉を作ったのもその一環だから。起業なんか想定してなくて……」

考えてみれば、ヒナはまだ大学二年生だ。ようやく大学生活に慣れてきたところで、唐突に法人化だとかライセンス契約だとかいった、「大人の世界」に放りこまれてしまった。

戸惑うのは当然だった。

しばし、二人で黙って海を見つめた。夏の日差しを受けて、海面は鏡のように光っている。ロンの頭のなかには、先日の清田との会話が蘇《よみがえ》っていた。

「……たまには、なりゆきに身を任せてもいいと思う」

うつむいていたヒナが、ロンに顔を向けた。

「想定よりも話がデカくなって、戸惑うのはわかる。でも大事なのは、〈トイカエス〉が誰かの役に立つことなんじゃないか。サークルが法人化することで、一人でも多くの人が〈トイカエス〉を使って問題を解決してくれたら、こんなにすごいことはないと思う。ヒナたちにしかできないことだよ」

言い終えてから、慌てて「清田先生の受け売りだけど」と付け足した。ただ、その生成AIが隣人たちを助けてくれるだろう、という直感は嘘《うそ》ではなかった。

ふとヒナの顔を見ると、両目が潤んでいた。泣くのをこらえているのか、口元には皺が寄っている。

「ありがと」

そう言ったきり、ヒナもロンも口をつぐんだ。なんとなくぎくしゃくした空気が流れる。

少し前ならこんなことはなかった。変化の原因が自分にあることは、ロンにもよくわかっていた。

「……俺もそのAI、使ってみたいんだけど」

気まずさをごまかすように、ロンは言った。ヒナは「もちろん」と即答する。

「スマホにアプリを入れれば、いつでも質問できるから。後でインストールの手順、メールするね。ロンちゃんデジタル苦手だし、丁寧に書いておくから心配しないで。あ、せっかくだから使った感想とか聞かせてもらおうかな？」

平静を装っているが、ヒナは異様な早口だった。彼女のほうも何かを感じ取っているようだ。

ロンは自分の両手を広げて、見つめる。

――ここでもし、好きだ、って言ったら。

想像しようとするが、ヒナの反応をうまく思い浮かべることができなかった。だいたい、自分は本当にヒナを好きなんだろうか。そう断言できるほどの感情が、胸のなかに燃えたぎっているのだろうか。

耳元で、高校時代に付き合っていた後輩の言葉が再生された。

――龍一先輩ってわたしのこと好きじゃないですよね。

それに、この関係が破綻《はたん》するのが怖かった。

ヒナは二十年の付き合いになる幼馴染みだ。もしもヒナにその気がなかったら、こうして二人で外出したり、みんなで「洋洋飯店」に集まることもできなくなるかもしれない。

それだけは避けたかった。

「どうしたの？」

ヒナが横から不安げに覗《のぞ》きこんでくる。

「……何でもない」

答えて、ロンは顔を上げた。まだしばらくは口にできそうにない。でもその間に、ヒナがもっと遠くへ行ってしまったら？

それ以上踏み込むと自分を嫌いになってしまいそうで、ロンは考えるのをやめた。


その客が事務所を訪れたのは、七月の下旬だった。

夕刻、ロンはいつものようにノートパソコンで書類を作っていた。清田は顧客との打ち合わせのため外出中だった。

指示されたのは陳述書の作成で、素人のロンでも申立人や相手方の氏名住所は埋められる。加えて、清田から口頭で聞かされた申立趣旨を文章に書き起こすのも、ロンの仕事だった。最初は陳述書を一通作るのに丸一日かかっていたが、多少要領をつかんだため、短時間でできるようになった。

作業に集中していると、突然ドアベルが鳴った。反射的に出入口へ顔を向けると、そこにはよく見知った顔があった。

「あれ、陶《タオ》さんじゃん」

扉を開けたまま立ち尽くしているのは、協同組合「発展会」で理事を務める陶だった。真夏だというのにジャケットを着ている。

陶は以前、中華街に髭男《ベアードマン》のステッカーが貼《は》られた件で、マツを犯人として吊《つ》るし上げた人物だ。その時はマツの無実を巡って対立したが、のちに真犯人が別にいることがわかり、正式にマツ本人にも謝罪した。そもそも顔役の一人である陶は、中華街で生まれ育ったロンやマツにとって親戚《しんせき》同然の存在である。その陶が悄然《しょうぜん》とした表情でたたずんでいた。

「なに、どうしたの？」

「……清田先生は？」

「外に出てるけど。とりあえず、座りなよ」

応接スペースのソファを勧めると、陶は言われるがまま、ふらふらと歩いて腰を下ろした。ロンは緑茶のペットボトルを出す。

「陶さん、なんかいつもと雰囲気違うね？」

「先生が来てから話す」

両手を固く組み合わせた陶は、顔を伏せた。ペットボトルには手をつけようともしない。陶は二年前に還暦を迎えたが、その元気さは衰える気配がなく、年齢より若く見られるくらいだった。その陶が、今は実年齢よりも老けて見える。

ロンは「まあまあ」と穏やかに語りかける。

「二度手間かもしれないけど、俺に話してみたら？　専門的なことはわからないけど、いったん言葉にすれば話も整理できるだろ。気休めになるかもしれないし」

陶はまだ躊躇しているようだったが、観念したように首を振った。

「誰にも言わないでくれるか」

「約束する」

「良三郎さんにも、秘密にしてくれよ」

念を押すと、陶はようやく重い口を開いた。

「……強盗に入られたんだ」

ロンはとっさに上げかけた驚きの声を、どうにか呑みこんだ。こちらが動揺を見せると依頼者にも動揺が伝播《でんぱ》してしまうから、できるだけ一定の調子を保って傾聴する。清田から学んだことだった。

「被害に遭ったのは、陶さん自身？」

「そうだ」

陶の自宅は中華街の外、山手にある一軒家だった。

「いつの話？」

「昨夜の、深夜一時過ぎだった」

「被害は？」

「盗まれたのは現金が少しと、銀行のキャッシュカード、通帳」

陶いわく、銀行のカードはすぐに使用停止したため、引き出されることはなかったらしい。盗まれた現金は約三万円。

「それと、自宅の窓が割られた。家具もいくつか傷をつけられた」

「警察には？」

「……言っていない」

「なんで？」

気まずそうに、陶は目をそらした。

「発展会の理事が強盗に入られた、なんて知られたら、中華街の治安が悪いと思われるだろう。店の評判にもかかわる」

くだらないこと気にするなよ、と言いたいのをロンは我慢する。店主たちにとって店の評判は生命線だ。ましてや、他の店主に迷惑をかける可能性まで考えれば、通報に二の足を踏む気持ちもわからないではなかった。

「陶さんは無事だったのか？」

「手足を縛られたけど、大した傷はない」

陶はジャケットの袖《そで》をまくった。手首には、紐《ひも》が擦《こす》れたような痕《あと》がくっきりと残っている。思わずロンは眉をひそめた。

「で、清田先生に何を相談するつもりなの？」

陶はぼそぼそと語る。

「自分でもバカげているとは思うんだが……匿名で警察に通報することはできるのか、訊いてみたくてな」

陶自身、通報の必要性は理解しているらしい。しかし自分の名前を公に出すことは避けたい。そのため、匿名での通報が可能かどうかを清田に相談したい、という趣旨だった。

ロンは「うーん」と頭を掻《か》く。

普通に考えれば、身元を伏せて強盗の通報をするなんてあり得ない。被害届を出さなければ、捜査のしようもないだろう。かといって頭ごなしに否定すれば、依頼者が逆上するおそれもあった。相手の意見を汲《く》みながら、うまく説得する方法を考える。

「陶さん。たしかに、匿名通報ダイヤルっていうのはあるよ」

以前、別件で清田が依頼者に匿名通報ダイヤルの利用を勧めていたことがあった。警察庁から委託を受けた民間団体が、市民からの匿名での情報提供を受け付ける、というものだ。

「ちょうどいいじゃないか。それを使えばいいんだな」

「でも、今回のケースでは使えないと思う。匿名通報ダイヤルは、暴力団がかかわる事案、薬物犯罪、違法賭博《とばく》とかが対象らしい。そういう、地下に潜りやすい犯罪についての情報を提供してほしい、って趣旨なんだよ。強盗に遭ったのに被害者が匿名だったら、警察も捜査しようがないだろ。今回の場合、匿名で通報したい、っていうのは通らないんじゃないか」

一度は明るくなった陶の顔が、見る間に輝きを失っていく。

「……それはそうか」

「残念だけど、やっぱり普通に警察に相談するしかないよ。加賀町署《かがちょう》には欽《きん》ちゃんもいるからさ。事情は理解してくれるんじゃないかな」

ただし警察としても、一切の情報を公表しない、というわけにはいかないだろう。陶が懸念しているような風評被害は起こり得る。それでも、警察へ通報しないことには何も前進しない。犯人に罰を与えることも、再発を防ぐこともできない。

そんなことを話すと、ようやく陶は「そうだな」とつぶやいた。

「考えたくはないが、中華街で二件目が起こる可能性だってあるんだからな」

ちょうどそこに清田が帰ってきた。応接スペースに顔を出すなり、「おや」と言う。

「陶さん、どうかされましたか？」

清田は一度会った人間の顔と名前を、ほとんど一発で覚えてしまう。そういうところも、中華街で信頼を得ている理由の一つだった。ロンはここまでの話を簡単に引き継いで、清田に後をまかせることにした。

「ありがとな」

去りかけたロンに、陶が声をかけた。その顔は相談に来た時よりも、少しだけやわらいでいる。

デスクに戻ると、作成中の陳述書が待っていた。すぐに作業を再開すべきなのだが、別の考えにとらわれ、手が動かなかった。

昨年から今年にかけて、神奈川県下、特に横浜周辺で強盗事件が多発していた。陶の自宅を襲った犯人の正体はわからないが、もしかすると一連の強盗事件を起こした〈ドール〉の組織かもしれない。

〈ドール〉はいわゆる半グレ集団の指示役として知られている。ただし〈ドール〉が率いるのは、暴力団や地縁に基づいた不良グループではない。「トクリュウ」と呼ばれる、匿名・流動型犯罪グループだ。事件のたびに「高額バイト」「ホワイト案件」などと称し、SNSなどで実行役を集める。人員が目まぐるしく入れ替わり、グループ名すらない。

この春、ロンや欽ちゃんは川崎市内で事件を起こそうとした実行犯たちを捕まえることに成功した。〈ドール〉の行方はいまだに不明のままだが、収穫がなかったわけではない。

神奈川県警はすでに、〈ドール〉の身元に目星をつけている。南条不二子――ロンの実の母である。ロンの父、孝四郎の死後に横浜中華街から忽然と姿をくらました女。以前は地面師詐欺の主犯として暗躍し、あと一歩のところまで追いつめた。その南条不二子が、半グレ組織の首領に収まっている。

もしも、陶の自宅に押し入った強盗犯の背後に彼女がいるとしたら。南条不二子は、かつて自分が暮らした街に恐怖を持ちこんだことになる。

これは偶然なのだろうか。一連の事件は横浜を、中華街を、恐怖に陥れるために仕組まれた可能性はないか？　南条不二子が二度の地面師詐欺で狙《ねら》ったのも、横浜市内の土地だった。そう考えると、ターゲットが発展会の要職を務める陶だったことにも、意図が潜んでいるように思えてくる。

――まさかな。

ロンは強引に思考を中断し、意識をノートパソコンに集中した。考えたところで答えは出ない。

それにトクリュウの捜査については、警察に任せるよう欽ちゃんからきつく言われていた。欽ちゃんは前回、〈ドール〉の捜査にロンを巻きこんだことを反省しているようだった。以後、この件に関わることは禁止されている。ロンにできることはなさそうだった。

「仕事、仕事」

視線をモニターに注ぎ、軽やかにキーボードを叩く。いつの間にかブラインドタッチにも慣れた。パーテーションの向こう側から、悄然とした陶の声が漏れ聞こえていた。

2

「……飲みすぎたかも」

ジョッキを手にした凪は、酒臭い息を吐いた。すでにビールを三杯空けている。顔は赤く染まり、目が据わっていた。どこで買ったのか、今日の凪は蛍光ピンクのボウリングシャツを着ている。

ロン、ヒナ、マツ、凪は平日の夜、混雑した「洋洋飯店」の隅でテーブルを囲んでいた。四人が揃うのは、四月に欽ちゃんの異動祝いでこの店に集まって以来、三か月ぶりだった。

いつもならロンが飲み会の招集をかけるのだが、今夜は珍しく、凪が言い出しっぺだった。何か話したいことがあるのかと身構えていたロンだが、はじまってから一時間、今のところ互いの近況報告しかしていない。

「で、その陶さんは結局警察に相談したの？」

凪が四杯目のジョッキを傾けながら、ロンに問う。

「うん。その日のうちに」

陶は清田に付き添われ、加賀町警察署へ相談に行った。捜査のために身元を明かすことは避けられないと理解し、最終的には陶も通報に納得した。

ただ、陶が懸念していた通りのことも起こった。中華街の店主が強盗被害に遭った、と報じられたことで、地域の治安を不安視する声がＳＮＳで上がったのだ。なかには公然と、〈中華街は怖いので二度と行きません〉と宣言する投稿もあった。

「言わせとけばいいよ、そんなの」

ロンの話を聞いたヒナが、いつになく強い口調で言う。

「なにか起こった時に、率先して『がっかりしました』とか『もう行かない』とか言うのは、決まって浅いファンなんだから。しかもほんの一部。だいたい陶さんは被害者だよね。何も悪くないんだから、中華街を責めるのはお門違いだよ」

「そうそう、芸能人の不祥事も同じこと言える……まあ、不祥事の質にもよるけど」

凪がアーティストらしい視点から言い添えた。

「とはいえ」とロンは棒棒鶏《バンバンジー》を食べながら言う。

「陶さんは相当参ってる。気にするな、と言ったところで解決できる問題じゃないよな」

陶は事件を公表することを選んだ。その選択は決して間違っていないものの、やはり精神的にはつらいようだ。マツがハイボールで喉を湿らせながら、会話に加わる。

「うちの親から聞いたけど、息子に店を譲る、って言ってるらしいぞ」

「陶さんが？」

陶の一家は中華料理の食材店を営んでいる。マツは「そう」と応じた。

「大きなケガはないっていうけど、やっぱり強盗に襲われたのがかなりショックだったらしい。トラウマ的な？　気力もずいぶん落ちこんじゃって、このままじゃ経営をやっていくのが難しいってさ」

「発展会の理事は？」

「その調子だと難しいんじゃないか。まだ家族が引き止めてるらしいけどな。俺らは部外者といえば部外者だけど……陶さんが引退したら、ちょっと寂しいよな」

「……本当にひどい」

ヒナは、ジュースの入ったグラスを両手で包むように持っていた。視線は険しい。

「誰かに襲われたトラウマって、そう簡単にはなくならない。たとえ身体に傷が残っていなくても、心に受けた傷が何年も残ることだってある。金銭的な被害は数万円だっていうけど、心の被害はお金に換算できないよ」

ヒナが数年にわたって引きこもっていたのも、車いすでの生活を余儀なくされたのも、高校時代に性被害に遭ったことが原因だった。直接的な被害だけでなく、二次被害の影響も大きかった。その傷はおそらく、引きこもりを脱し、大学に通うようになった今でも完全には癒《い》えていない。

「カスだね」

凪が吐き捨てるように言った。だがそう断じることにも、ロンはかすかに躊躇を覚えてしまう。

たしかに、強盗に入った犯人たちに弁解の余地はない。しかし、実行犯たちが強盗に手を染めたのが、どこまで本人の意思だったのかはわからない。個人情報を押さえられているため、途中で抜けようとしても抜けられないケースもあると聞く。抜ければ家族や職場へ危害を加える、と脅される場合もあるらしい。

結局のところ、大本を叩かなければいたちごっこになる。尻尾《しっぽ》は切り離されても、すぐにまた再生してしまう。

みんなが沈黙し、テーブルに重い空気が流れた。ロンはすかさず「そういえば」と明るい声を上げる。この四人の集まりに、暗い雰囲気は似つかわしくない。

「凪。今日、なんか言いたいことあるんじゃないの？」

「えっ？」

「わざわざ集めたんだから、それなりに理由あるんだろ」

三人の視線が凪に集まる。「それはまあ」と言ったものの、凪はなかなか本題を切り出そうとしない。

「なんか、この空気のなかで言いにくいんだけど」

「今さら言いにくいもクソもないだろ」

マツが餃子《ギョーザ》を口に放りこんだ。ロンはテーブルに身を乗り出す。

「大丈夫。俺らは凪の味方だから」

「いや、そういうことじゃないいんだけど。あのさ……」

凪はいったん言葉を切ると、ためらいを振り切るようにジョッキの中身を飲み干した。ロンは「ムチャすんなって」と呆《あき》れる。凪が「実は」と言い、口の端についた泡を手の甲で拭《ぬぐ》った。

「ジアンと、パートナーシップ宣誓することにした」

発言を吟味するような間が一瞬空いた後、おおお、と三人からどよめきが上がった。

キム・ジアンは凪のパートナーである。元は凪の中学時代の恋人だったが、ある事件をきっかけに再び交際がスタートした。ロンたちも、ジアンとは何度か対面したことがある。

「すごいすごい。おめでとう！」

手を叩いているヒナは、横に座る凪に抱きつかんばかりの勢いだった。三人そろって祝福の言葉を送った後で、マツが「ごめん、あんまり知らないんだけど」と断ってから問いかける。

「それって、結婚、的なこと？」

「できるなら結婚したいけど、今のところ日本じゃ同性婚はムリだからね。遅れてる国だよ……その代わりってわけじゃないけど、一つのけじめとしてパートナーシップ宣誓はしようか、ってジアンと話して」

凪いわく、横浜市にはパートナーシップ宣誓制度があり、凪とジアンは昨年から市内で同棲《どうせい》をはじめているため、条件はクリアしているという。

「届出ってどうやるんだ？」

ロンが尋ねると、ヒナが「気になるの、そこ？」とつぶやいた。

「オンラインでもできるみたいだけど、私たちは対面でやることにした。市庁舎に行くんだって」

「へえ。知らなかった」

「宣誓は来週やる予定。事後に報告しようかとも思ったんだけど、やっぱり、ここのメンバーにはあらかじめ言いたかった。ジアンと再会できたのも、グッド・ネイバーズの活動を続けられてるのも、みんなのおかげだから」

凪は両手を膝《ひざ》に置いて、深々と頭を下げた。

「本当に、ありがとう」

ロンとヒナ、マツは互いに顔を見合わせる。照れ笑いとは違うが、自分たちはたしかに隣人の役に立てたのだ、という満足感が三人の顔には浮かんでいた。

ヒナが「わたしも訊いていい？」と言う。

「披露宴はやらないの?」

「式はやらないけど、写真だけは撮ろうか、って話してて……」

「えー、いいね。撮ったら見せて」

「もちろん」

ヒナと凪が撮影プランについて話し合っている間、ロンはジンジャーエールを、マツはハイボールを黙々と飲んだ。ふとマツが、隣にいるロンにだけ聞こえるような小声でつぶやく。

「……前に進んでるな、凪は」

「マツもだろ」

「俺は前進っていうか、元いた場所に帰ってきた、って感じだけど」

今は「紅林」で働いているマツだが、そう遠くない未来、この「洋洋飯店」に戻ってくるのだろう。柔術とギャンブルだけが生きがいだった男が、こうもすんなりと後を継ぐ決心をしたことに、内心ロンは驚いていた。同時に、こうなるのは最初から決まっていたような気もする。

「ヒナも社長になっちゃうしな。頭いいとは思ってたけど、ここまでとは」

サークルを法人化することは、ついさっきヒナから打ち明けられていた。マツはもう一つ餃子を頬張り、「またちょっと味付け変えたな」とこぼした。

「それで、ロンはどうすんの？」

「なにを？」

「このままじっとしてていいのか、ってこと」

マツの発言に潜んだ問いがわからないほど、浅い付き合いではなかった。ロンは炒飯《チャーハン》をレンゲですくったが、口には運ばずテーブルに戻した。

「母親のことか」

マツの沈黙は、肯定を意味していた。

「捜査は警察に任せてる」

「それでいいのか？」

「いいも何も、やりようがないだろ。欽ちゃんだって血眼で探してる。きっとそのうち捕まえてくれる」

自分に言い聞かせるように、ロンは答えた。ふん、とマツが鼻を鳴らす。

「手段なんか後からついてくる。〈山下町《やましたちょう》の名探偵〉ならわかってるだろ」

「その呼び名、いい加減にやめろ」

「褒めてるつもりなんだけどな」

マツは片頬だけで笑い、「冗談はいいとして」と言った。

「トラブルは全部自分の手で解決してきたロンが、この件に関しては警察任せ、っていうのは納得できない」

「俺一人で解決したことなんて、一度もないよ」

友人たちの協力がなければ、自分には何もできない。それは偽らざるロンの本音でもあった。マツは「そうかもしれない」とうなずく。

「でも、中心にはいつもロンがいた。ロンがいなけりゃ何も動かない」

「幼馴染みのくせに、俺をわかってないな」

「一番お前をわかってないのはお前自身だよ」

まあいいや、とマツは息を吐いた。

「とにかく、後悔だけは残すなよ」

マツは空のジョッキを手に、「酒取ってくる」と席を立った。ヒナと凪は食事そっちのけで話している。いつしか話題は同棲生活へと移っていた。ジアンは几帳面《きちょうめん》なタイプらしく、凪はよく「服を脱ぎ散らかさないで」と怒られているらしい。ロンとマツの会話は、彼女たちの耳には入っていないようだった。

――それでいいのか、って言われてもな。

ロンは苦い顔でジンジャーエールを飲み下す。

トクリュウの壊滅は、ロンが解決するには大きすぎる問題だった。これまで関《かか》わってきた人探しや詐欺事件とは規模が違う。闇《やみ》バイトに応募し、危険な目に遭ったことも影響している。何より、約束があった。

——この件だけは、絶対に首を突っ込むな。

そう告げた時の欽ちゃんは、刃物のように鋭い目つきをしていた。


元町《もとまち》・中華街駅前のカフェに、待ち合わせの相手はすでにいた。鳥の巣頭で、眠たげな目をしたスーツの男だ。ロンが向かいの席に座ると、欽ちゃんはちょうど夏の新作フラペチーノを飲み切ったところだった。

「ねえ、欽ちゃん」

「なんだ」

「ちょっと太った？」

欽ちゃんは右手で頬をつかむ。

「……わかるか？」

「糖分摂り過ぎじゃないの」

「ほっといてくれ。糖分しか楽しみがないんだよ」

欽ちゃんが太いストローに口をつけると、ずずず、と音がした。この分では、痩《や》せる気配は当面なさそうだ。ロンはコーヒーに口をつける。

「今日はなに？」

ここにロンを呼び出したのは、欽ちゃんだった。用件は聞かされていない。欽ちゃんは名残惜しそうにストローを吸っていたが、諦《あきら》めたように口を離した。

「富沢昂輝《とみざわこうき》、って覚えてるか」

「……ああ」

名前を覚えるのが得意でないロンでも、コーキの名は記憶していた。特殊詐欺の受け子をしていた青年で、中華街の顔見知りが被害に遭ったことからロンが行方を探したことがある。逮捕後、コーキには執行猶予付きの判決が下っていたはずだ。

「最近、執行猶予期間が満了したんだと。わざわざ警察に手紙が来た。ロンの名前も入ってたから、見せようと思ってな」

欽ちゃんはスーツの内ポケットから封筒を取り出し、ロンに手渡した。「見ていいの？」と訊くと、欽ちゃんは無言でうなずいた。封筒から便箋《びんせん》を引っ張り出し、広げてみる。手紙の宛名は〈お世話になった皆さま〉となっていた。漢字のとめやはねがはっきりした、綺麗な字だった。

〈お久しぶりです。富沢昂輝です。皆さまへの手紙の送り先がわからないので、一括して神奈川県警宛《あ》てに送ることを許してください。あの時お世話になった警察の方々や、小柳《こやなぎ》さんたちには感謝しています。僕は人としての道を踏み外しただけでなく、命の危険にさらされていました。助けていただき、本当にありがとうございました。〉

当時、コーキは奥寺《おくでら》という詐欺組織のトップにいたぶられ、殺される寸前だった。

〈被害者の方とは今でも手紙のやり取りをさせてもらっています。僕がやってしまったことは、人として許されることではありません。でもあの頃は、そうしたことにも考えが及ばず、申し訳ないことをしてしまいました。〉

被害に遭ったのは、宮本《みやもと》という中華街のご隠居だった。逮捕後にロンも同席のうえで面会したことはあったが、文通が続いているとは知らなかった。

〈誰かの指示に従っただけ、という言い訳が通じないことも、痛いほど理解できました。時間はかかるかもしれませんが、自分が犯した罪を、これからも償っていきたいと思います。〉

誰かの指示に従っただけ。それは、最近の強盗事件の実行犯たちもよく口にするセリフだった。経緯はどうあれ、犯行に手を染めてしまえば、その先に待っているのは相応の処分だ。コーキは身をもってそれを実感したらしい。

ロンは再度頭から読み返して、便箋を封筒に戻した。

「ありがとう」

欽ちゃんは差し出された封筒を受け取り、内ポケットに入れる。少しの間、テーブルに沈黙が落ちた。

「検察や裁判所にも、同じような手紙が届いたらしい」

「へえ」

「律義だよな。そんな例、滅多に聞かないんだけど」

ロンが事件後に会ったコーキは、お世辞にも謙虚とは言えなかった。俺のせいじゃない、と感情を逆なでするようなことを、平然と宮本に言い放っていた。そのコーキがこんな手紙を送るようになったのは、深く反省した証拠か。

「ロン」

「なに？」

「久しぶりに、この仕事やっててよかったな、と思ったよ」

欽ちゃんは遠い目で窓の外を眺めていた。

警察官の仕事がストレスに満ちていることは、想像に難くない。欽ちゃんが甘いものにハマっているのだって、そのストレスを少しでも解消するためだ。でも時おり、本当に時おりだが、こうして報われることもある。働いた経験が少ないロンにはよくわからないが、警察に限らず、仕事というのは大半がそうなのかもしれない。

ロンは「欽ちゃん」と切り出した。

「俺からも、訊きたいことがあるんだけど」

「言えることと言えないことがあるぞ」

ロンの質問を察しているかのように、欽ちゃんは牽制《けんせい》した。

「言える範囲でいいよ」

「ならいいけど」

「〈ドール〉の捜査はどこまで進んだ?」

欽ちゃんは派手なため息を吐いた。やっぱりな、と顔に書いてある。

「ノーコメント」

「そこをなんとか。ヒントだけでも」

「なんともならん」

一蹴《いっしゅう》した欽ちゃんは、真剣な顔つきになった。

「ロンには本当に悪いことをしたと思ってる。一歩間違えば、あそこで殺されてもおかしくなかった。お前をあんな目に遭わせたのは俺の失敗だ。二度とロンたちを危険にさらしたくない」

ロンと欽ちゃんが半グレ組織を追った結果、二人そろって監禁されたのは今年の三月だった。

「〈ドール〉は、南条不二子は、俺の母親だよ?」

「だとしても教えられない。〈ドール〉は部下に命じて、ロンを殺そうとした。半端に首を突っ込めば、向こうは本気で潰《つぶ》しに来る。こういうことは言いたくないけど……あっちはもう、お前を息子だと思っていないかもしれない」

ロンの胸の奥に、かすかな痛みが走った。疾走した直後のように息が苦しい。

母親への未練など、とっくに手放したはずだった。南条不二子は自分を捨てて中華街から消え去り、詐欺に手を染め、挙句の果てに半グレの一員となった。そんな女を今さら、母親として慕うことなどできない。なのに。

——あっちはもう、お前を息子だと思っていないかもしれない。

そう告げられただけで胸が苦しかった。

黙りこんだロンを見てさすがに不憫《ふびん》だと思ったのか、欽ちゃんは「悪い」とつぶやいた。

「あくまで可能性の問題だ。あの時、指示を出していたのが南条不二子と確定したわけじゃない」

「いや、欽ちゃんの言う通りだと思う。〈ドール〉が南条不二子なのは、ほぼ確定なんでしょ？　仮に家族としての感情が少しでも残ってたら、俺を殺そうとはしないよね」

ざわついた店内で、二人の周辺だけが濃い沈黙に包まれていた。欽ちゃんはもどかしそうにぼさぼさの頭を掻くと、じきに「わかったよ」と言った。

「記者に渡している情報までは教えてやる」

「いいの？」

「自分で調べようとか考えるなよ。約束しろ」

ロンは「もちろん」と即答する。

欽ちゃんはしばしロンを待たせて、二杯目のフラペチーノを買いに行った。眉間に皺を寄せてストローを吸うと、人心地ついた様子で語りはじめる。

「この一、二か月で、〈ドール〉の組織は方向転換をはじめている」

「どういう意味？」

「フィッシング詐欺にも手を広げている。というより、強盗の割合を減らしてそっちに力を入れているようだな」

フィッシングというのは、金融機関や大手企業などを装って、個人情報を盗み取る行為である。メールに記載したＵＲＬへアクセスさせ、偽のウェブサイトを通じてカード番号やパスワードを入力させるのがよくある手口だ。

「同じ組織が強盗と詐欺、両方やってるってこと？」

「よくある話だ。少し前まで特殊詐欺をやってたグループが、今は闇金をやってるとかな。要するに、連中は少しでも捕まりにくくて、割のいい仕事を常に求めている。儲かるなら内実はどうでもいいんだよ」

たしかに、犯罪集団に一貫性を求めるほうがムリがあるのかもしれない。

「でもなんで、そんなことわかったの」

「逮捕された強盗実行犯の一人が吐いた。そいつは何人かの実行役をまとめる立場だったんだが、フィッシングの手伝いも一部やらされていたらしい」

欽ちゃんは糖分を摂取しながら続ける。

「従来通り、闇バイトで人を集めて強盗を起こす、というのも続けてはいる。だが最近の強盗事件は、別組織の犯行も多いみたいだ。正直、陶さんの事件も背後に誰がいるのかまだわかっていない」

話がややこしくなってきたところで、欽ちゃんはさらにややこしいことを言う。

「最近わかったのは、組織に指示役が二人いることだ」

「〈ドール〉だけじゃないんだ？」

「もう一人は通称〈アルファ〉。ただ、そっちはまったく身元がわかっていない。性別も年齢も、何もかも不明。捕まった人間の話を総合すると、〈アルファ〉が存在していることは間違いないようだが」

欽ちゃんは頭の後ろで両手を組んで、天井を見上げた。

「考えてみれば、トップが二人いる、というのは自然なことではある」

「なんで？」

「南条不二子が地面師詐欺を起こして逃げたのが、二年前の春。そして〈ドール〉のトクリュウは、少なくとも去年の秋に海老名《えびな》で強盗事件を起こしてる。姿をくらましてから、たった一年半しか経っていないんだ。いくら南条不二子に犯罪者としての適性があったとしても、あれだけの仕組みをたった一人で、しかも一年半で作り上げるのはさすがに難しい」

「〈アルファ〉が協力した、ってこと？」

「たとえば、そいつが作った組織に途中参加した、とかな。前にも言ったが、〈ドール〉という人物は三年前から活動を開始している。だが、南条不二子は少なくとも二年前の春までは詐欺師だった」

「……もともと〈ドール〉は別人で、南条不二子がその後釜《あとがま》に座った、ってこと？」

「そう考えるしかないだろうな」

仮にそうだとして、南条不二子はどんな経緯で〈アルファ〉と接触し、〈ドール〉の名を引き継いだのだろう。犯罪組織のトップと知り合う機会なんて、そうあるようには思えない。ロンが質問を重ねようとすると、欽ちゃんが「ここまでだな」と言った。

「現時点でわかっているのはこんなところだ。身柄の確保には至ってないけど、捜査が進んでいることはわかっただろ？」

「まあね」

「南条不二子はこっちでなんとかするから。お前は、お前にしかできないことをやれ」

なかば突き放すような口調だった。欽ちゃんは飲みかけのフラペチーノを手にして、「先行くわ」と席を立った。

ロンは一人、冷めたコーヒーをすする。お前にしかできないことをやれ、という一言が頭のなかをぐるぐる回っていた。

——それがわかってたら、苦労しないよ。

残ったコーヒーを飲み干し、ロンも立ち上がった。

炭酸水を飲みながら、ロンはノートパソコンを操作する。夜の自室に、キーボードを打つ音が響いていた。

仕事でもプライベートでもPCを使うなんて、少し前なら想像できなかった。警備員のアルバイトで日銭を稼ぐロンには、スマホ以外のデジタル機器はほとんど必要なかったのだ。しかし何の因果か、今では一日中パソコンを触っている。

ディスプレイに映し出されているのは、ネットの検索結果だった。〈ドール〉や〈アルファ〉、〈横浜〉、〈南条不二子〉などのワードを組み合わせて検索してみたが、欽ちゃんから教えてもらった以上の情報は見つからない。ペットボトルに口をつけると、炭酸が口のなかを刺激した。

本当に知りたいことは、ネット検索ではわからない。

それはこの数年、隣人たちのために駆けずり回って実感したことでもあった。所詮《しょせん》、グーグルやヤフーの検索でわかるのは、調査のためのきっかけのきっかけくらいだ。知りたいことを本気で調べるためには、足を使って、人と会って、話すしかない。ヒナのように

SNSを調べるのも有効だが、いずれにせよ、検索だけではほとんどの問題は解決できない。

ロンは作業を中断し、仰向けに寝転がった。

いったい自分は何をしているのだろう。〈ドール〉の一件以後、南条不二子のことしか考えられない。考えなければいけない事柄は他にもあるはずなのに。たとえば、自分の将来のこととか。

「将来ねぇ」

ロンは起き上がり、検索エンジンの検索窓に〈将来　どうする?〉と打ちこんでみた。一秒も経たずに検索結果が表示される。そこには〈将来の不安を取り除くための方法〉とか〈将来やりたいことがわからない人へ〉とかいったページが並んでいた。目を通す気も起きない。

南条不二子とどう向き合うべきか。警察にすべてを任せるのか、あるいは自分でアクションを起こすのか。結局、この問題は自分で解決するしかない。こうしたほうがいい、とネット記事のアドバイスを受けても納得できない。

そこまで考えたところで、ヒナの言葉を思い出す。

――わたしたちの生成AIは、そういう難問を解決する手助けをしたい。

すかさずロンはうつ伏せになり、スマホで〈トイカエス〉のアプリを起動した。ヒナから送られてきた手順の通りにインストールしたものの、何を質問すればいいのかわからず放置していた。

まだプロトタイプだからか、アプリ画面はきわめてシンプルだった。ユーザーがメッセージを送ると、そのメッセージの下にＡＩからの返信が表示されるようになっている。

ロンはためしに〈こんにちは〉と入力してみた。即座に答えが返ってくる。

〈こんにちは！　何か相談したいことがありますか？〉

どう相談しようかしばし考えてみたが、いい案が浮かばなかったため、最初に思いついた問いをそのまま投げる。

〈母親との関係で悩んでいるんだけど〉

〈そうなのですね。お母様のことはどう呼べばいいですか？〉

まずそれを訊くのか、と意外な気分になる。

〈南条不二子〉

〈わかりました。最後に南条不二子さんと会ったのはいつですか？〉

〝さん〟はちゃんとつけるんだ、と妙なところに感心してしまう。

〈対面したのは二年前の春〉

〈どこで会ったのですか？〉

〈みなとみらい駅の改札〉

〈その時は何を話しましたか？〉

〈父親が死んだ時のこと〉

答えながら、ロンは心配になってくる。一向に問題の本質に向かっている感じがしない。

ＡＩは少しだけ間を置いて、次の質問を投げかける。

〈南条不二子さんとの関係に悩んでいる理由は、どこにあると思いますか？〉

急に曖昧《あいまい》な質問になった。

〈俺が九歳の時、向こうが無断で家を出ていったから〉

〈なぜ家を出ていったのだと思いますか？〉

〈俺やじいさんと暮らすのがいやだったから〉

〈他の理由は考えられますか？〉

——他の理由？

言われてみれば、南条不二子が失踪した理由を深く考えたことなどなかった。孝四郎の死に関わっているからだ、と噂《うわさ》する人もいたが、今のロンにはそうは思えない。だいたいそれが真相なら、孝四郎の遺体が発見された直後に逃亡するはずだ。たしかに彼女は遺体発見から半日ほど連絡を断っていたが、その日のうちに自宅へ戻ってきた。もしかすると、失踪したことには別の理由があるのか？

ロンは〈わからない〉と入力した。また質問の角度が変わる。

〈あなたにとって、南条不二子さんはどういう存在ですか？〉

〈実の母親だけど犯罪者〉

まとまっていない回答だな、とロン自身も思う。だがそう答えるしかなかった。

〈南条不二子さんはどんな罪を犯したのですか？〉

〈詐欺　強盗〉

〈なぜ罪を犯したのだと思いますか？〉

　ロンはまた考えてみる。

　最初に思いついたのは、金が欲しかったから、という動機だった。きっと間違いではないが、核心に迫っている感じがしない。誰かに脅されたから？　実行犯ならともかく、脅されて犯罪組織の指示役をやるものだろうか。欽ちゃんが以前から言っているように、生まれついての悪人だから、という可能性もあるが、そう断言することもできない。

　ロンが考えているのは、復讐という可能性だった。横浜という街への復讐だ。地面師詐欺の舞台は横浜市内であり、強盗事件が起こったのも横浜近郊ばかりだった。

　ただし、確証はない。たまたま土地勘のある場所で事件を起こしただけかもしれない。

　ロンは考えた挙句、再度〈わからない〉と答えた。

　また数秒の間を置いて、次の問いが表示される。目にした瞬間、ロンの視線は釘付《くぎづ》けになった。

〈もう一度、南条不二子さんに会いたいと思いますか？〉

スマホ画面をタップしていたロンの指が、宙で止まった。すぐに答えることができない、という事実にも驚いた。俺は、南条不二子ともう一度会いたいのか？　息子を殺そうとした母親と？

フローリングにスマホを置いて、呼吸を落ち着ける。自分の心のなかを覗きこむ。たしかに、前向きな意味で会いたいとは思わない。この感情は、肉親としての愛とか、そういうものではない。奥底にはもっと苦しくて厄介な感情が横たわっている。

だが、ロンの心は決まっていた。最初からこの答えを得るために、思い悩んでいたのだとすら思える。スマホを手に取り、ゆっくりと指先を動かして、答えを打ちこんでいく。

〈会いたい〉

回答は一瞬で返ってくる。

〈会ってどうしたいですか？〉

〈どうして俺の前から消えたのか、どうして犯罪に手を染めるようになったのか、教えてほしい〉

〈南条不二子さんとすぐに会うことができますか？〉

〈できない〉

〈では、電話やメールで連絡を取ることはできますか？〉

〈ムリ〉

画面には次の提案が表示される。

〈では、南条不二子さんの居場所や連絡先を調べることはできますか？〉

ロンはそこでアプリを閉じた。もう、回答する必要はない。企業が〈トイカエス〉に目をつける理由が、ロンにはよくわかった。ペットボトルを傾け、炭酸水を一気に飲み干す。首を曲げると、骨が鳴る音がした。

――やるか。

ロンの信条は「善隣門《ぜんりんもん》」の扁額《へんがく》に掲げられている「親仁善隣《しんじんぜんりん》」だ。すべての隣人に等しく、仲良くすること。その言葉を胸に、隣人たちの役に立つために奔走してきたつもりだった。

だが一度くらいは、自分のために動いてもいいのかもしれない。

平日夜の中華街は観光客でにぎわっていた。ロンは人波を縫うように、車いすのハンドルを押して前進する。

「遅くなってごめん。仕事が終わらなくて」

雑踏の話し声に負けないよう、大声を張り上げる。車いすに座るヒナは「大丈夫」と応じる。ヒナとはついさっき、石川町《いしかわちょう》駅で合流したばかりだった。

「わたしもさっきまでサークルの仕事してたから」

「忙しいのに、悪いな」

「全然。最近出番なかったから、忘れられちゃったかと思った」

皮肉がちくりとロンの胸を刺した。ヒナが一番いやがるのは、自分だけが蚊帳《かや》の外に置かれることだ。

二人は法律事務所へ向かう途中、「洋洋飯店」に立ち寄ってテイクアウトの天津飯《てんしんはん》を三人前受け取った。マツの母は「清田先生によろしく言っといて」と、シュウマイをサービスしてくれた。

「戻りましたー」

ロンが横浜中華街法律事務所の扉を開けたのは、午後八時だった。居残って仕事をしていた清田が、「お帰りなさい」と答える。天津飯のポリ袋に気が付くと、目を輝かせた。

「いい匂いですね」

「晩飯、先生の分も買っときましたよ」

「ありがとうございます」

天津飯とシュウマイの入ったパックを一つ、清田のデスクに置く。残りの二つは応接スペースに持ちこんだ。

「先生。しばらくここ借りるけど、いいっすよね？」

ロンは清田はよほど腹が減っていたのか、早くも割り箸でシュウマイをつまんでいた。ロンはソファと九十度の角度になるよう、車いすを動かす。手早く天津飯を袋から取り出し、「いただきます」とプラスチックのスプーンを手に取る。

「わたしも食べていいの？」とヒナが言う。

「腹、減っただろ。食いながら話そう」

ロンは一足早く、天津飯をかきこんでいた。「洋洋飯店」の天津飯は、卵が固めで食べごたえがある。上にかかった甘酢あんは酸味と甘みがほどよく、下味のついた卵とよくあう。ヒナもじきにスプーンを手に取り、食べはじめた。

「久しぶりに食べるけど、おいしいね」

「俺も同じこと思ってたわ」

半分ほど食べ進んだところで、ロンはスプーンを置いた。常備している緑茶のペットボトルを一本ヒナに手渡し、自分も口をつける。

「それで、今日の本題なんだけど」

「うん」

食事の手を止めたヒナの目を見ながら、一言ずつ噛《か》みしめるように告げる。

「南条不二子を捜索する」

切れ長のヒナの目が、見開かれた。瞳のなかにわずかな動揺がよぎったが、すぐに平静を取り戻し、正面からロンを見据える。

「……その話だけは、してほしくないと思ってたんだけどな」

「なんで？」

「危険だから」

ヒナは即答した。数か月前、ロンは〈ドール〉の半グレ集団に監禁され、殺されかけた。なのに性懲りもなく、再びそこへ飛びこもうとしている。

「欽ちゃんたちに任せるんじゃなかったの？　警察は信用できない？」

「俺の気持ちの問題だ」

ロンはパーテーションの隙間から、清田のデスクを見やった。清田は天津飯を頬張りながら、パソコンのディスプレイを見つめている。こちらの会話に耳を傾けている様子はなかった。

「このまま南条不二子が捕まらなかったら、俺はいつまで経っても前に進めない」

「ロンちゃんは前を見てると思う」

「だとしても、足が動かなければ意味がないんだよ」

ヒナが顔をうつむけ、上目遣いでロンを見る。

「できるだけ協力してあげたいとは思うけど……焦らなくてもいいんじゃない？　気持ち

はわかるつもりだけど、もう危険な目には遭ってほしくない。ロンちゃんはたまに、信じられないくらい大胆なことするから」

「頭のネジが外れてる、ってたまに言われる」

「なんていうか、普通の人には備わってる安全装置が、ロンちゃんには最初からついてない感じがする」

むっとするべき場面なのかもしれないが、ヒナに言われると素直に受け取れた。

「わかるよ、言いたいことは」

「だったら……」

「でも、止める気はない。俺が今やるべきことはそれしかない」

たとえヒナであっても、制止は受け入れられない。彼女が心からロンを心配していることはわかるが、一度やると決めたことを覆すつもりはなかった。

ヒナはゆるやかに首を振った。

「意志は固いね」

「見ての通り」

「なら、わたしはついていくよ。ロンちゃんに」

声は静かだが、決然としていた。ロンは「ありがとう」と応じ、シュウマイを口に放りこむ。濃い味付けのシュウマイがご飯を誘った。

「それで？　何をすればいい？」

先ほどまで幼馴染みを心配していたヒナの目に、鋭い光が宿っていた。

「ヒナにはいつも通り、ＳＮＳの情報収集を頼みたい」

ヒナは高校を中退して引きこもり生活をはじめてから、ＳＮＳで架空のアカウントを大量に運用する〈ＳＮＳ多重人格〉となった。

「今でもＳＮＳ、やってるよな？」

「もちろん。生活の一部だからね。むしろストレスがかかることがあるたび、アカウントが増えてる」

ヒナはＳＮＳ上で、年齢、性別、職業などバラバラな数十の人格を使い分けている。デジタル全般に疎いロンには想像もできないが、他の人格を演じることが、ヒナにとってはストレス解消になっているらしい。

「わたしは〈ドール〉の組織につながる情報を集めればいいわけだね？」

「そう。できれば、闇バイトを斡旋《あっせん》しているリクルーターを狙ってほしい」

ロンがおとりとなって闇バイトに応募した時、最初に連絡をとったのはトベという仲介役——リクルーターだった。現在どんな仕組みで募集をかけているのかは不明だが、末端の実行犯よりはリクルーターのほうが上位にいるため、〈ドール〉に近いと思われる。

「もっと上にいるやつらが特定できれば、それに越したことはないよね」

「まあな。でも、いきなりそこにはたどりつけないんじゃないか？」

「やるだけやってみるよ」

ロンにはどんな手を使うつもりなのかわからないが、とにかく任せることにした。下手に指示するより、丸ごと一任したほうが動きやすいだろう。ヒナは車いすに引っかけていたバッグからノートパソコンを取り出し、膝の上に広げた。ロンの数倍の速度で、ヒナの指がキーボードの上を走る。

「あとは？」

「可能ならだけど、フィッシング詐欺の被害者を見つけ出してほしい」

ロンは、欽ちゃんから聞いた話をかいつまんで伝えた。〈ドール〉の組織がサイバー犯罪にまで手を広げていると知ると、ヒナは「残念だけど、足がつきにくいのは事実だろうね」と言った。

「現実世界で起こす犯罪は、絶対、どこかに痕跡が残るからね」

「サイバー犯罪もそうじゃないのか？」

「もちろん各社対策は取ってるけど、いたちごっこだよ。スキルがあるなら、そっちのほうが低リスクなのは事実だと思う……もしかして、被害者の身元から攻撃側にアプローチしようとしてる？」

「ムリか？」

ヒナが予想した通り、ロンはフィッシング被害者のスマホやパソコンの情報をもとに、犯人を追うつもりだった。もっとも、そんなことが可能かどうかもわからない。腕を組んだヒナは「うーん」とうなった。

「仮にできたとしても、それをやったのが〈ドール〉の組織なのかどうかわからないし……わたしには想像つかないな。情報セキュリティは詳しくないから」

「なら、あいつに訊くしかないか」

「あいつ？」

ロンはにやりと笑い、ヒナに意味ありげな視線を送る。

「一緒に来てほしい」

平日の昼過ぎ。本厚木《ほんあつぎ》のファストフード店は、冷房がよく効いていた。

出入口から近いテーブル席には、全身真っ青な少年がいた。ブルーのTシャツとジーンズを身に着け、ブルーのスニーカーを履いている。

やたらと青い少年——久間蒼太《そうた》は、ピクルス抜きのハンバーガーを食べながら、向かいの席に座るヒナをちらちらと見ている。一方のヒナは淡々とシェイクを飲んでいた。少年の視線にこめられた好意には気付いていないらしい。

「小六になって、新しい友達できたか？」

ヒナの横でポテトをかじるロンに、蒼太はうってかわって無造作な視線を返し、不機嫌そうに「できない」と答えた。

「別に、学校に友達なんかいなくていい。来年中学に上がったらどうせバラバラになる。学校なんて、トラブルさえ起こさなければいいんだよ。今仲良くしている人たちだって、あと十年もしたらほとんど交流しなくなるんだし。そう考えたら、友達とつるむコストなんてムダだね」

歯に衣《きぬ》着せない物言いは変わらない、というより、以前よりもさらに鋭さを増しているようだった。ＩＱ１５２の天才少年には、丸くなる気配がない。

「でも、大人になっても幼馴染みと仲良くすることだってあるかも？」

ヒナの言葉に、蒼太が「たしかに、菊地さんの言う通りかもしれないですね」とすぐさま前言撤回した。ヒナに話しかけられるたび、蒼太の目は泳ぎ、声は上ずる。普段話していると年齢を忘れそうになるが、こういうウブな反応は小学生らしい。恋する相手がひと回り以上も年上のヒナだというところは、大人びていると言えるかもしれないが。

「蒼太がいいならなんでもいいけど」

ロンがつぶやくと、最後のひとかけらを食べ終えた蒼太が「それで？」と言った。

「わざわざランチだけ食べに来たわけじゃないんでしょ？」

「話が早いな」

「伊達《だて》に一年前から付き合ってないからね」

ロンにはその一言で、蒼太が自分を友人だと思ってくれていることがわかった。

「見つけ出したい相手がいる」

「誰？」

「南条不二子。俺の母親だ」

蒼太の顔つきが引き締まった。

「詳しく聞かせてくれる？」

ロンは母との関係について、時間をかけて説明した。もともと育児に熱心な母親ではなかったこと。良三郎との折り合いがよくなかったこと。父が死んだ日、母も姿をくらましたこと。その後すぐに戻ってきたが、数日して失踪したこと。地面師詐欺を起こし、現在は〈ドール〉という名でトクリュウのトップに収まっていること。最近その組織がサイバー犯罪に手を広げているらしいということ。蒼太はポテトを一本ずつ食べながら、黙って耳を傾けていた。

「まあ、こんなところだ」

語り終えるまで一時間ほどかかった。話を切り上げると、蒼太は幼い顔立ちに大人びた苦い表情を浮かべた。

「……苦労してたんだね」

「別に、苦労だと思ったことはない。母親との縁はとっくに切れたようなもんだから」

「でも、会いたいんだよね？」

ロンは答えなかった。自分がなぜ南条不二子に会いたいのか、言葉にしようとするほど大事なものが抜け落ちそうだった。

「会ってどうするの？」

「訊きたいことがある」

「それは、小柳さんの個人的な理由？」

蒼太は腕を組み、ロンを見据えた。

「何度も言っているけど、僕はグレーハットなんだ。僕の技術は、僕がいいと思ったことにしか使いたくない。何億の損害が出ていようが、社会が混乱に陥っていようが、関係ない。基準は僕だ」

たまらずヒナが「蒼太くん」と割りこんだ。

「たしかに個人的な動機かもしれないけど、ロンちゃんだって本気なんだよ。友達なら、手を貸してくれたって……」

「すみません、菊地さん。僕は小柳さんと話しているんです」

蒼太はヒナのほうを見もせずに言い放った。ヒナに恋しているはずの蒼太がこんな物言いをするのは、初めてだった。

「さっき言った通り、被害の大きさとか社会的な影響とか、そんなことに興味はない。僕が訊きたいのは、南条不二子を見つけ出すことが、小柳さんの人生においてどういう意味を持つのか、ってこと」

そうしなければ前に進むことができないから——というのは、蒼太が求める答えではないようだった。彼が求めているのは、もっと明白で、確実な言葉だった。

「犯罪組織のトップだから、会いたいの？」

「違う」

「じゃあ、父親の死の詳細を知りたいから？」

「それだけじゃない」

「ならどうして？」

沈黙したロンに、蒼太は「話を変えようか」とシェイクを飲んだ。

「うちの親の話はしたっけ？」

「両親がエンジニアなんだろ」

「そうそう」

五歳の誕生日に親が使っていたＰＣを譲られ、すぐにコードを書けるようになった。それが、蒼太のエンジニアとしてのはじまりだった。

「思うところもあるけど、僕は親に感謝している。エンジニアとしての基礎を教えてくれたのは父と母だし、数学を勉強するため塾にも行かせてくれた。自分でもひねくれた性格だと思うけど、この程度のひねくれ具合で済んでるのは、たぶん親のおかげだと思う。あの両親じゃなかったら、とっくにどこかのサーバーにランサムウェアでも仕込んで、逮捕されてたんじゃないかな」

さらっと恐ろしいことを言う。

「でも、たぶん小柳さんはそうじゃないよね？　親に感謝してる？」

「オヤジはともかく、母親への感謝はないな」

「そこなんじゃないの、本当の理由って」

ロンが発言の意味を咀嚼していると、蒼太が「アップルパイ」と言った。今日の食事はすべてロンがおごることになっている。「はいはい」と席を立ち、アップルパイをトレイに載せて戻る。

蒼太は「ありがと」と言い、うまそうにかぶりついた。

「小柳さんはもう食べないの？」

「腹いっぱいだわ」

「あ、そう……じゃあそろそろ、具体的に何をしてほしいのか、聞こうか」

あまりにあっさり言うので、ロンは聞き流しそうになった。勘違いでなければ、蒼太が依頼を引き受けてくれるように聞こえた。

「え？　受けてくれる、ってこと？」

「そういうことになるね」

「いいのか？」

依頼の動機についての問答は、宙ぶらりんになっている。だが蒼太のなかではすでに済んだ話のようだった。

「それも、さっき菊地さんが言った通りだよ」

アップルパイを食べながら、蒼太は口をとがらせる。

「友達からの本気の頼みを、断れるわけないじゃん」

ロンはつい、ヒナと顔を見合わせていた。真顔で見つめ合った後で、自然と苦笑が口元に浮かぶ。なぜか当の蒼太は、すました顔で口元を拭っていた。

──やっぱり、かわいいところあるんだよな。

アップルパイを口に放りこんだ天才エンジニアは、両手をはたいてから、「よし」と指を組み合わせる。

「じゃ、そのサイバー犯罪ってやつをもう少し聞かせて？」

3

ぱらぱらと、雨が車窓を打つ音が聞こえた。

スモークフィルムを貼ったサイドドアの窓から、外を眺める。降り出した夜の雨は瞬く間に勢いを増していく。水の礫《つぶて》が、激しくガラスを打つ。いくら雨が降ろうと、冷房が効いたセダンの後部座席は快適だった。

ハンドルを握っているのは、安斉《あんざい》という男だった。〈アルファ〉がつけてくれた私の秘書で、今はドライバーとしても働いている。

もう二か月以上、タクシーは使っていない。〈ドール〉の身代わりをさせていた男が捕まってからというもの、居場所が割れないよういっそう注意を払うようになった。安斉に運転を任せるようになったのもそれがきっかけだし、そもそも外出自体が稀になった。今では安斉と〈アルファ〉以外、誰かと直接話すことはない。指示はすべて文章にするか、安斉を通じて出すようにしている。

ただ、鶴見《つるみ》での強盗事件を通じて、警察は〈ドール〉が私であることをすでにつかんでいるだろう。あの時、私があえて防犯カメラに映ったのは挑発のためだ。地面師詐欺を起こして逃亡している南条不二子が犯人だと判明すれば、警察は目の色を変えて探し出そうとする。同時に、必死で考えるはずだ。私がなぜ、半グレ集団のトップになったのか。

あと少しで自宅に着く、というタイミングでスマホが震えた。電話の主は〈アルファ〉だった。

すかさず、スマホの画面をタップして着信を拒否した。ここでは通話できない。〈アルファ〉と通話する時は、一人きりの場所でないといけない。たとえ安斉であっても同席は許さない。万が一彼が裏切れば、情報が漏洩《ろうえい》する。

低層マンションの前で、セダンがスムーズに停止した。運転席から、安斉が傘を差し出す。

「ありがとう」

雨のなか、傘をさしてエントランスへ向かう。照明の光を浴びて、エメラルドのネックレスが光った。

カードキーで二重のオートロックを通過し、エレベーターで上階へ向かう。このマンションを手配したのも〈アルファ〉だった。彼いわく、マンションの部屋はほとんどが投資目的で買われているそうだ。そのため住民はきわめて少ないらしく、実際、私もマンション内で他人とすれ違ったことはほぼない。セキュリティも万全で、隠れ家としては申し分ない、と〈アルファ〉は太鼓判を押していた。

部屋に入って靴を脱ぎ、ソファに腰を下ろす。折り返し〈アルファ〉に電話をかけると、相手はすぐに出た。

「ごめんなさい。車のなかで」

「トべが捕まったよ」

挨拶《あいさつ》もなく、〈アルファ〉が切り出した。トべは強盗を計画する際、よく人集めを担っていたリクルーターだ。SNS等で募集をかけ、応募者と連絡を取って個人情報を回収するまでが彼の役目だった。

「本当に？　いつ？」

「今朝。任意で引っ張られたらしい。たぶん、トべの逮捕はこれから派手に公表されるだろう。警察はトクリュウ壊滅に躍起になっているから」

まるで他人事のように、〈アルファ〉は冷静だった。

「罪名は？」

「わからないが、強盗致傷とかじゃないか。あいつがいくつかのビジネスで、人集めに絡んだのは間違いない。逮捕されたってことは、起訴するだけの証拠固めが済んだということだろう」

寒気が走った。リクルーターが捕まることは、実行役の逮捕とは意味が違う。

私たちの組織はピラミッド型の構造になっていて、末端から実行役、リクルーター、彼らの上位にいる指示役――つまりは私と〈アルファ〉の順だ。数か月前に逮捕された連中には幹部という名目を与えていたが、その実態は実行役とリクルーターの中間くらいだった。

何も知らされていない実行役と比べて、リクルーターははるかに多くの情報を握っている。たとえば、過去に私たちの組織が起こした事件がどのように計画され、実行されたか、その詳細を知っている。リクルーターが逮捕されれば、それらの情報がすべて警察の手に渡る。

「大丈夫なの？」

「逮捕されたことは問題だが、決定的な情報は渡していない。すぐに捜査の手が迫ることはないだろう」

あくまで〈アルファ〉は穏やかだった。彼の声を聞いているうち、次第に動揺が落ち着いてくる。

「……ひとまず、様子を見るしかないってことね」

「だがこうなった以上、リアルでの事業にリスクがあることは明白だ。他のリクルーターも近いうちに捕まるかもしれない。以後は、オンライン事業一本に絞ったほうがいいんじゃないだろうか」

それは〝提案〟の形を借りた〝指示〟だった。だが私も、すんなりと呑むことはできない。

「あと一件だけやらせてほしい」

「構わないが、どうやってリスクヘッジする？」

「次は、私が前に住んでいた家をターゲットにする。よほど変わっていない限り、家の構造やモノの配置は理解している。絶対に失敗はさせない」

私の過去を知っている〈アルファ〉は、うなり声を上げた。

「横浜中華街ってことか？」

「そう。誰が住んでいるかもわかってる」

「繁華街のど真ん中だろう。人目につく場所でやるのは得策とは思えない」

「深夜ならそれほど人はいない。そもそも、実行役が捕まることは最初から織りこみ済みでしょう？　盗ってきたものさえこっちに渡れば、あとはどうなっても知ったことじゃない。今までそういうやり方だったと思うんだけど」

何かを諦めたように、〈アルファ〉は「そうか」とつぶやいた。

「個人的な恨みに基づいて事件を起こすのは、感心しないが」

「個人的じゃない」

つい口調がとがった。

「私は本心から、横浜という街を憂えている。あの街は、平穏な毎日に慣れすぎている。犯罪に対するアンテナを高めるためには、私たちが事件を起こすしかない。一種のショック療法だと思ってほしい。人の意識を決定的に変えるためには、痛みを伴う方法を選ぶしかない」

「違うね」

〈アルファ〉は即答した。

「結局はきみの復讐のためだろ？　自分をないがしろにした街への復讐」

黙りこむ他なかった。ずっと前から、〈アルファ〉にはバレていたのだろうか。それはそうか。こんな陳腐な嘘、見抜けないほうがどうかしている。

「これで最後にしてくれよ」

そう告げて、彼は通話を切った。部屋に静寂が戻ってくる。

水滴が、激しくベランダを打つ音がした。カーテンを開け、屋外の様子を見てみる。夜の雨は先ほどよりも勢いを増していた。

＊

午後三時という中途半端な時間帯、「洋洋飯店」にはほとんど客がいなかった。厨房ではマツの父が、夜の営業に向けた仕込みをやっている。マツの母はカウンター席で帳簿を広げていた。

「いずれそうなるだろう、と俺は思ってたよ」

マツは自分で入れてきた冷たい水を飲みながら、訳知り顔で言った。「そうか?」とロンが応じる。二人が顔を突き合わせているのは、店の隅にあるテーブル席だった。ロンたちの定位置と言ってもいい。

「このままロンがじっとしているなんて、あり得ないと思ってたからな」

「じゃあ、南条不二子を探すことには賛成してくれるのか?」

「もちろん」

自信満々でうなずいてから、マツは「けど」と付け加える。

「俺にできること、あるか?」

「あるよ。大あり」

ロンはテーブルに身を乗り出す。

「この間、闇バイトのリクルーターが捕まった」

スマホを取り出し、新聞社の配信記事をマツに見せる。見出しは〈海老名の闇バイト強盗事件　リクルーター役とみられる男を逮捕〉というものだった。記事には男の写真も載っている。スウェット姿の冴《さ》えない中年男が、警察に連行される場面だった。

　この報道が出たのは一昨日のことだ。都内在住の会社員の男が、ＳＮＳを通じて強盗の実行役を集めていたという。逮捕理由は海老名の強盗事件であり、その一件が〈ドール〉の組織の仕業であることは明らかだった。つまり、逮捕された男は〈ドール〉の組織と何らかのつながりを持っていた見込みが高い。

「それでな。逮捕された男は〈トベ〉って偽名を使ってたらしいんだけど、俺が川崎の事件で闇バイトに応募した時、リクルーターをやってたのもトベって男なんだよ」

「マジか」

　マツが目を剝《む》いた。

「じゃあロンは、この男と話したことがあるんだな」

「そういうこと」

　トベはロンとの会話で、「仕事を紹介するだけの人間」「紹介先のことは知らない」と言っていた。一方で、〈ドール〉と電話などで話すことはあるようだった。そこまで話すと、マツは首をかしげた。

「組織のことは知らない、ってのは嘘だったのか？」

「わからない。もしかしたら、複数の組織から仕事を請け負っていたのかもな。トベ自身はあくまでフリーの立場だったのかも。〈ドール〉の指示に従っている時点で、組織の一部に組み込まれたようなもんだけど。いずれにしても、本人に質問すれば色々なことがわかる。そこで、だ」

ロンはスマホ画面に表示された、男の写真を指さした。

「マツには、トベから組織のことをできる限り聞き出してほしい」

「は？」

マツの顔が「？」で一杯になる。

「そんなの、どうやってやるんだよ」

「勾留《こうりゅう》中の被疑者は第三者でも面会可能だ。向こうが受ければ、の話だけどな」

「コウリュウ？」

マツが顔をしかめる。ロンは警察に逮捕された後の被疑者の流れを、改めて説明することにした。

「まず、逮捕された被疑者は四十八時間以内に検察に送致される。身柄を拘束する必要があると判断すれば、検察はそれから二十四時間以内に勾留請求をする。つまり勾留までの最大七十二時間は、弁護士以外、面会は許されない」

「よくわからんけど、逮捕されたら七十二時間は会えない、ってことだな」

耳を掻きながらマツが答えた。全部理解することは、最初から諦めているようだ。

「そんで、勾留って結局なんなの？」

「取り調べの間、勝手に逃げたり証拠隠滅したりしないよう、留置場とか拘置所にいさせる、ってこと。期間は十日、勾留延長されたら計二十日」

「よく知ってるな」

「一応、法律事務所で働いてるからな」

実のところ、この流れはすべて清田から教わった。先月、窃盗で逮捕された男の依頼を受任することになり、一から教えてもらったのだ。

「その勾留ってのがはじまったら、誰でも面会できるのか」

「制度上はな。トベが逮捕されたのは一昨日の朝。面会できるのはたいてい勾留が決まった翌日らしいから、明後日からは確実に面会できると思う。接見禁止がついている可能性もゼロじゃないけど、たぶん大丈夫だろ」

「なーるほど。わかってきたぞ」

うなずきながら、マツは顎に手を当てた。

「明後日になったらトベがいる留置場だか拘置所だかに行って、組織に関する情報をうまいこと聞き出せ、ってことだな?」

「そうだ」

トベの逮捕は、ロンにとってはまさに渡りに船だった。〈ドール〉と会話したことのある彼なら、何らかのヒントを持っているかもしれない。

「本当は自分で行きたいところだけど、俺は身元がバレてる。向こうに警戒されるかもしれない」

ロンは闇バイトへ応募する際、トベに健康保険証の画像データを送っており、小柳龍一という氏名も知られている。向こうが警戒すれば、面会には応じてもらえないかもしれない。

「任せろ。俺が代わりに行ってきてやる」

マツは鼻息荒く、二つ返事で引き受けた。普通なら尻込《しりご》みする場面だろうが、こういう時に躊躇なく期待に応えてくれるのがマツだ。

「こっちのことは、どこまで話していいんだ?」

「俺のことは一切伏せてくれ。たとえば……フリーの記者で、事件に興味を持って調べている、とか」

「記者? 俺が?」

「自称ジャーナリストなら、嘘じゃないだろ。自称なんだから」

「いけるかなぁ」と言いつつ、マツはまんざらでもない表情だった。尻込みどころか、ワクワクしているようだ。

「面会者の身分証もいるらしいから、名前とか住所とかは嘘つくなよ」

「オッケー」

「あと、なんか差し入れ持っていけ。服とか本とか」

マツは「服とか本ね」とつぶやきながら、自分のスマホにメモしていた。飲み会の予定を調整しているかのような、気負いのなさである。

話がひと区切りすると、マツは「ところで」とスマホをしまった。

「この話、欽ちゃんにはしてんの？」

「してない。言ったら止められる」

「だよな」

南条不二子の捜索は、欽ちゃんに一切告げずにやるつもりだった。

「他には誰に言った？」

「ヒナと蒼太」

「あの生意気な小学生か」

蒼太は一度、中華街に遊びに来たことがある。マツはその時に会っていたが、論理的にギャンブルの無益さを説く蒼太を前に、終始たじたじだった。最終的にマツは「ロマンを買ってるの！」という暴論を繰り出していた。

「あと、凪にも協力してもらうつもり」

凪とは来週会う予定だった。頼み事は、すでに考えている。

今後の計画を語るロンを前に、マツは「よかったよ」と頬を緩めた。

「今日のお前、この間会った時よりイキイキしてるから」

に合ってる」

「そうか？」

「間違いない。ロンは閉じこもってうんうん考えるより、とりあえず走ってみるほうが性に合ってる」

そうかもしれない。心当たりはいくつもあった。今まで解決できた相談は、すべて走りながら考えてきた。時には予想もしないトラブルに遭遇したし、その場しのぎの対応だったことは否めない。それでもゴールにたどりつけたのは、そのやり方がロンに合っているからなのだろう。

マツが嘆息する。

「この無鉄砲さが、恋愛にも生かせるといいんだけどな」

ロンが「えっ？」と問うと、マツは真顔になった。

「ロンももう、自分の気持ちわかってんだろ？」

うっ、と喉の奥が鳴った。さすが幼馴染み、と言いたくなる。マツはとっくに気が付いていた。ヒナの想《おも》いだけでなく、ロンの気持ちの変化にも。だがそう言われても、簡単には動けない。

一方は、頭脳明晰な学生起業家。もう一方は、生きる目標も定まらない一介のアルバイト。あまりにも立場が違いすぎる。仮に付き合ったとしても、こんな二人がうまくいくはずがない。

いや。本当の問題は、立場の違いではない。ロンはただ、無目的に生きている自分に自信が持てないだけだった。だからこそ、南条不二子を見つけ出す必要がある。

そうしないと、人生の次のステージに進めない。

凪は電子タバコの白煙を吐き出した。関内《かんない》にある喫煙可の喫茶店では、大半の客がタバコを吸っている。窓際の席にいる凪も例外ではない。赤いボーダーのポロシャツにぶかぶかのジーンズという出で立ちの凪が煙を吐く姿は、さまになっていた。

向かいの席に座るロンは、南条不二子の捜索を決断するまでの経緯を話し終えたところだった。

「……そういうわけで。できれば、凪にも捜索に協力してほしい」

凪は間髪を容れず「もちろん」と答える。

「ロンがやるっていうならやる。妹のことといい、グッド・ネイバーズのことといい、私はロンに生かしてもらってるようなものだしね」

ロンと凪はもともと高校の同級生だったが、当時はほとんど交流がなかった。二人の距離が縮まったのは、凪の妹――山県《やまがた》かすみの死についてロンが調査したことがきっかけだった。凪が川崎に住んでいた頃の過去を調べ、ステージを降りようとしていた彼女を引き止めたのもロンたちだ。

「ただ、ロンに約束してほしいことがある」

「なんだよ」

「危険な目に遭わないための努力はしてほしい」

「それは、わかってる」

「わかってると思えないから言ってるんだけど？」

凪は煙を肺に送り、ふう、と吐き出す。

「この間の鶴見の事件。あんな無謀な真似《まね》するって知ってたら、手を貸さなかったかもしれない。欽ちゃんがいたからなんとかなったけど、ロン一人だったらとっくに死んでたからね？」

「だろうな」

「だろうな、じゃないよ。ロンが死んだら、悲しむ人間がたくさんいる。あんたが危ない目に遭うことはあんただけの問題じゃない。それだけは覚えといて」

凪の目元には怒りが滲《にじ》んでいたが、その分、本心から心配していることが伝わってきた。ヒナとは違ったやり方で、凪もまたロンを気にかけている。

「それはそれとして。私は何すればいい？」

「一番、成果が見込めない仕事なんだけど」

「いいよ、なんでも。うちのクルーに頼めることなら、頼むし」

「ありがとう。二つあるんだけど」

ロンはスマホを操作し、写真を表示した。不鮮明だが、そこには一人の女性が写っている。

「これは？」

「〈ドール〉……というか、南条不二子」

川崎の強盗事件で、押し入られたマンションの防犯カメラには南条不二子が映っていた。ふだん人前に姿を現さない彼女がわざわざ現場に足を運んだことの意味について、警察は「挑発」と解釈している。

「胸元、見てみて」

写真の南条不二子はネックレスをしていた。チェーンの先には独特の意匠が施されている。埋め込まれている宝石はエメラルドらしい。

「このネックレスの、入手ルートを特定できないか？」

ロンが知る限り、南条不二子が中華街にいた頃は、こんなネックレスは持っていなかった。失踪後に手に入れたのだとしたら、その入手ルートから何かがわかるかもしれない。一点物だとしたら、なおさら特定できる可能性は高まる。ロンもためしにネットで検索してみたが、それらしき情報はまったく出てこなかった。

「たしかに難しそうだね」

「凪はファッションも詳しいだろ？」

「趣味レベルだよ。ジュエリーはほとんど持っていないし」

「それでも俺の知り合いのなかでは、一番詳しいと思う」

「……まあ、やるだけやってみる。前の職場とか、詳しい人いたから」

凪は以前、新横浜のデザイン事務所で働いていた。開いた口から煙が立ち上る。

「もしわかったとしても、量産品だったらヒントにならないかもしれないけど？」

「それも想定はしている。でも動いてみない限り、ヒントはゼロだろ」

「言えてる。ロンらしいわ」

愉快そうに笑って、凪はコーヒーに口をつけた。

「二つあるって言ってたよね。もう一つは？」

「これは、南条不二子を探すこととは直結しないんだけど」

そう断ってから、ロンは切り出す。

「グッド・ネイバーズの人気を利用するみたいで悪いんだけど……一人でも、闇バイトに応募する人間を減らしてほしい」

「どういう意味？」

説明を求めるように、凪が眉をひそめた。

「〈ドール〉のトクリュウが成り立っているのは、闇バイトに応募するやつがいるからなんだよ。極端な話、闇バイトに応募する人間がいなければ強盗は起きない」

「まあね」

「俺は、闇バイトに応募する人間がいるのは〝雰囲気〟の問題もあると思ってる。金に困ってたら、ちょっとくらい怪しい仕事ならやっても平気、って〝雰囲気〟。だってそうだろ。日給五万とか十万とか、普通に考えてまともな仕事じゃないのわかってるはずなのに。逮捕された実行犯の証言でも、薄々勘づいていた、というケースが少なくない。これは個人の問題じゃない。困っていたら無茶なことをしてもいいし、最悪犯罪でも仕方ない、って〝雰囲気〟のせいでもあると思う」

それはロンがこの数年、肌で感じていることだった。

ネットが普及したことで、人は実体のないコミュニケーションに慣れきっている。そのせいか、犯罪の境目がいっそう薄れている気がした。暗い領域へ足を踏み入れることが、より簡単になった。

「俺は、その〝雰囲気〟をぶち壊したい。回りくどいやり方かもしれないけど、〈ドール〉の組織を壊すための一番の方法は、人を供給しない、ってことだと思う」

凪の理解は早かった。

「要は、闇バイトをやるやつはダサい、って発信すればいいわけ？」

「そうなるな」

「犯罪防止の啓発活動をやれってことね」

凪はタバコの煙を吸いながら、宙を見つめている。答えはなかなか返ってこない。ロンの手に汗が滲む。もしかすると、アーティストとしての信条に反する依頼だっただろうか。

「……私さ、妹が亡くなった時に決めたんだよね。この社会に強い側の人間と弱い側の人間がいるとしたら、絶対に弱い側に立つ、って」

フラットな声で、凪は続ける。

「闇バイトに応募するのって、弱い側の人だと思うんだよ。お金がないってことだけじゃなくて、人とのつながりも、立ち直る気力もない。そういう弱い人を叱責《しっせき》するような真似は、私にはできない」

「……」

「でも、励ますことならできるかもしれない」

そう言って、にっ、と凪は笑った。

「一人ぼっちに思えても、あなたは孤独じゃない。絶対にやり直すことはできる。グッド・ネイバーズではずっと、そういうメッセージを発してきた。だからある意味、ロンの頼みはもう叶えてるつもり」

妹が亡くなった後、凪が初めて作った曲が〈墜落少女〉だった。生きたいように生きればいい。凪はその願いを、ストレートに詞にこめた。思えば、彼女はいつだってそうだった。音楽を通じて、隣人を勇気づけてきた。

――グッド・ネイバーズのファンなのに、迂闊《うかつ》だった。

ロンは頭を下げた。

「悪い。失礼な頼みだった」

「そんなことないよ。たしかに、明確な言葉として発したことはなかったから。なんでもかんでも読み取れ、ってのも傲慢《ごうまん》な話だよね。そこは注意する。せっかくの人生、ダサいことすんなよ、ってね」

凪は口をすぼめて、白煙を勢いよく吐き出した。目元は愉快そうに笑っている。

「あの、すみません」

突然、見知らぬ若い男が話しかけてきた。キャップをかぶった彼は愛想笑いを浮かべ、凪だけを見ている。

「凪さんですよね？　自分、めっちゃファンです」

「ああ、ありがとう」

「よかったら写真、いいすか」

「一枚ならいいよ。今、機嫌いいから」

ロンが男からスマホを受け取り、ツーショットを撮ってやった。ほくほく顔の男は、さらに凪の顔色をうかがう。

「よかったらサインもらえませんか」

「あいよ」

若い男は「やった」と喜び、自分の席からノートとボールペンを取ってきた。凪はさらさらとペンを走らせる。

「はい、一丁上がり」

手渡したノートには、凪の名前の横に〈闇バイトだけはするな〉と添えられていた。男はぽかんとしている。

「……なんすか、これ」

「重要なメッセージ」

男は首をかしげていたが、じきに「ありがとうございました」と去っていった。

「こういうこと、よくあるのか？」

凪は「たまにね」と応じる。長らくインディーズで活動している凪だが、もう有名人と言っていいのかもしれない。

「やっぱ、すごいな」

「私たちがやってることは、別に変わってないんだけどね」

凪が再びタバコを吸いはじめる。ごく自然なたたずまいから、それが凪の本心なのだと知れた。

「ジアンとはどう？」

ロンは軽い気持ちで訊いたのだが、凪は意外にも難しい顔をした。

「なんかあったか？」

「そういうわけじゃなくて……今度、向こうの親に会いに行くことになった」

「川崎の？」

凪は無言でうなずく。

川崎臨海部で焼肉店を営むジアンの両親は、いまだに娘の恋愛対象が女性であることを受け入れられないらしい。そのためジアンも、実家を出てから親とは疎遠になっているのだと話していた。

「ジアンの希望？」

「いや、私の提案。ジアンは反対したけど押し切った。私のせいで親と関係を断つなんて、つらいじゃん？　もし向こうの親に反対されても、もうパートナーシップ宣誓しちゃったんだから取り消せないしね」

あえてだろう、凪は歯をのぞかせて軽薄そうに笑った。ロンの胸にその笑みが切なく、しかし温かく染みた。

八月に入り、日差しはさらに厳しさを増した。歩いているだけで汗が噴き出し、肌が焼けるようにちりちりと痛む。ロンはできるだけ日陰を選びながら、横浜中華街の雑踏を歩く。酷暑だというのに、中華街は観光客であふれていた。

リュックサックを背負った背中は汗でぐっしょり濡《ぬ》れている。清田の指示で、横浜地裁に行ってきた帰り道だった。日本大通り駅前にある横浜地裁は、事務所から歩いて十分の距離にある。

――近所ではあるけど……

他の季節ならともかく、真夏に往復で計二十分歩くのはなかなかの苦行だった。すれ違った男性は、黒い日傘をさしている。いつだったか、ヒナにも日傘をさすことを勧められたことがあった。あの時は「暑いほうが、夏って感じがしていい」と我ながらよくわからない返事をしたが、そんなことを言っている余裕もなくなってきた。俺も日傘を買おう、とロンは決意する。

事務所のドアを押すと、カウベルが鳴った。室内は冷房が効いている。エアコンは六月、清田の金で買って設置した。清田はギリギリまで「扇風機とうちわでいけますよ」と主張していたが、顧客からの苦情が相次ぎ、泣く泣く量販店で購入したのだった。

「戻りましたー」

地裁で受け取った書類をデスクに置くと、清田は「お疲れ様でした」と受け取った。

「外は暑そうですね」

「年々暑くなってますよ」

「早く冬にならないかな」

呑気なことを言いながら、清田はノートパソコンで書面を作成していた。コップで水道の水を飲んでいると、清田が「そういえば」とディスプレイから顔を上げた。

「小柳くん、横浜市歌って歌えます？」

「なんでですか？」

「昨日会ったクライアントが、横浜市民ならみんな歌える、と話していたので」

「そりゃ歌えますけど。わーが日の本は島国よー、でしょ？」

横浜で生まれ育った人間は、幼い頃から横浜市歌を叩きこまれる。ロンの通った小学校や中学校では、入学式や卒業式はもちろん、運動会などのイベントごとがあるたびに歌唱の機会があった。ベイスターズが勝った日の横浜スタジアム周辺でも、上機嫌のファンが歌っているのをよく見かける。

清田は「おお、さすが」と嬉しそうに手を叩いた。

「……バカにしてます？」

「とんでもない。それだけ地元に愛着を持てるのはすばらしいことです」

真顔になった清田が言う。

「私は、生まれ育った街にはもう長いこと帰っていません。思い出もありますが、それ以上に、つらいことが多すぎましたから」

寂しげに言うと、清田は「やっぱり歌えるんだなぁ」と感心しながらキーボードを叩きはじめた。ロンは自分のデスクについたが、すぐ仕事に取りかかる気にはなれなかった。

横浜市民は、地元への愛着が強いとよく言われる。ロンにはその自覚があまりないが、傍《はた》からはきっとそう見えるのだろう。中華街のど真ん中で生まれ、この年齢までずっと暮らしてきた。地元に残りたい、と強く願ったわけではなく、自然とそうなったに過ぎない。だからといって、他の街に住みたいか、と言われるとそうでもないが。

南条不二子にとって、横浜はどんな街だったのだろうか？

おぼろげながら覚えているのは、彼女が東北の出身だったことだ。何がきっかけで横浜へ移り住んだのかはわからない。たしかなのは、南条不二子にとって、横浜がいわゆる「地元」ではないということだ。

やはり、南条不二子が〈ドール〉の名で行っていることは、横浜という街への復讐のように思えた。

ポケットのなかでスマホが震えた。電話をかけてきたのは、大月薫《おおつきかおる》弁護士だった。不動産を専門とする女性弁護士で、ミスティ法律事務所の代表でもある。

「もしもし？」

「おっ、ロンくん久しぶり！　元気にやってる？」

「ぼちぼちです」

大月弁護士とは、南条不二子らが起こした地面師詐欺がきっかけで知り合った。債務整理に詳しい弁護士として、清田をロンに紹介したのも大月だった。この事務所でアルバイトしていることも、すでに報告している。

「どう、清田先生は。ええ人やから働きやすいやろ？」

「はい。ケチですけど」

清田のデスクとは少し離れているが、念のため声を落とした。電話の向こうで、大月が「儲かる仕事ではないからねぇ」とあまりに率直な感想を述べる。

「珍しいですね、大月先生から電話って。どうかしたんですか」

「ああ、いやね。ロンくんの耳にも入れたほうがええかな、と思うことがあって。今でも、南条不二子のこと追いかけてるんやろ？」

「はい」と即答する。

大月が咳払《せきばら》いをした。

「〈マザーズ・ランド〉事件の公判で、新しい情報が出たんよ」

ひとりでに、肩に力が入った。

南条不二子が首謀者となって起こした地面師詐欺事件、通称〈マザーズ・ランド〉事件は、地主役、仲介業者役、司法書士の三名が表に立ち、残る一名が郵送物の管理など、裏方の仕事を担っていた。たった四名で、ハウスメーカーから一億五千万円を騙《だま》し取ったのである。そして地主役、司法書士、裏方役の三名が捕まった。

〈マザーズ・ランド〉という通称がつけられたのは、ハウスメーカー側の担当者との打ち合わせで、子育ての話題で盛り上がったことが理由だ。企業側担当者の証言から、接触した三名はいずれも子育て経験があると推測された。後に、逮捕された裏方役もシングルマザーであることが判明した。

「あの事件、南条不二子以外は全員が逮捕されたやん？　みんな起訴されたから、その後の裁判を傍聴してるんやけどね」

「仕事で、ですか？」

「完全に趣味。ま、思い入れがあるというか、やっぱり気にはなるやん。自分が顧問やってる会社が地面師詐欺に遭うなんて、そうあることとちゃうし。犯人たちが何を考えて詐欺に手を染めたんか、知りたくてね」

——その手があったか。

盲点だった。法律事務所で働いていながら、公判の傍聴という手を思いつかなかったことをロンは反省する。

「何か、わかりましたか」

「色々とね。あえて言うけど……ちょっと同情してまうところもあるかなぁ」

「犯人にですか？」

「もちろん罪は裁かれなあかんよ。けど……不可抗力とは言わんけど、どうしようもない面もあったんかな、って思ってもうてね。こんな風に考えるんは、私が刑事裁判やってへんからかなぁ」

スマホから流れる声が、湿っぽくなる。

大月が語るところによれば、地主役の高齢女性は夫を若い頃に喪《うしな》い、娘を一人で育てたらしい。しかし娘への執着が過剰だったため、結婚を機に絶縁を突き付けられた。身体が弱いため十分に働けず、生活費が底を尽きかけた頃に南条不二子と出会い、地主を演じることを決めた。

司法書士は息子を育てながら働いていたが、ある詐欺事件に巻きこまれた。詐欺師は偽造書類を使って土地を登記したのだが、その時に担当した司法書士がたまたま彼女だった。彼女は「偽造書類の原本確認を怠った」ことを理由に懲戒を言い渡された。不祥事を重大視した夫は離婚を切り出し、息子の親権も取り上げた。自暴自棄になり、グレーな顧客の下で働いていたところ、南条不二子からスカウトされた。

裏方役を担っていた森沙耶香《もりさやか》という女性は、夫の暴力から逃れ、近隣のスーパーマーケットで働きながら息子を育てていた。ある時、息子に障害があることがわかり、療育のため勤務時間を確保できなくなったことから遠回しに退職を言い渡された。収入源を断たれ、困窮していたところで南条不二子に声をかけられた。

——この国では、母親ばかりが損をする。そんなのおかしいと思わない？

それが、森沙耶香を誘った時のセリフらしい。

「私は結婚したことないし、子どももおらん。けど、あの人らの置かれた環境は想像するだけでもしんどいわ」

大月の声は暗く沈んでいた。ロンは唇を嚙む。

「南条不二子は、母親に的を絞って声をかけたんですかね」

「そう考えるのが自然なんちゃうかな。偶然、そういう女性だけに声をかけたとは考えにくいやろ。特に森さんは、南条にえらい感謝してたわ。他の二人は南条に騙されたとは言うてるけど、それも裁判を有利に進めるためのテクニックかもしれへん。本心かどうかはわからんわ」

被告人質問で、森はこう語っていたという。

——南条さんがいなければ、私は息子と心中していたかもしれません。私と息子の命を救ってくれたのは、南条さんです。

ロンは精一杯、空いている拳《こぶし》を握りしめた。爪《つめ》が食いこんだが痛みは感じない。

「ロンくんにとって酷なことを伝えてるのは、私もわかってる」

大月は、ロンと南条不二子の関係についておおよそ理解していた。

「けど、それでも伝えなあかんと思ってん。別に南条をかばおうとか、そんなことは考えてへん。けどな、ロンくんが南条不二子を追う以上、あの人がどういう考えで、何をしてきたのか、正確に知る必要があるんちゃうかな」

「……そうですね」

「余計なお世話やったらごめん。私はこれからも、できるだけ公判は追いかけるつもり。知りたいことあったら、いつでも連絡して」

礼を告げると、通話は切れた。ロンはスマホをデスクに投げ出し、天井を仰ぐ。両手で強く顔を擦る。

――なんなんだ。

大月に文句を言いたいのではない。南条不二子という女の、とらえどころのなさに腹が立っていた。彼女が森を誘った時のセリフがよみがえる。この国では、母親ばかりが損をする。

――だったら、母親に見捨てられた息子はどうなるんだよ。

汗が冷えたせいか、寒気がロンの背筋を走った。

ガラスの割れる音で、目が覚めた。

Tシャツとハーフパンツで眠っていたロンは、タオルケットを蹴飛《けと》ばし、枕元のスマホで時刻を確認した。午前二時七分。良三郎は朝六時には茶を飲んでいるが、いくらなんでも早すぎる。

リビングの方向から足音が聞こえた。まずいことが起きている、と直感した。すぐさまドアを開けようとしたが、すんでのところで思いとどまる。「おい」という男の声が廊下から聞こえたせいだった。男たちの会話が聞こえてくる。

「なんだよ」

「こっちだ。図面見ろって」

その一瞬で、ロンは理解した。

——強盗。

すぐさま内側からドアをロックした。直後、誰かが外からドアを開けようとする。施錠されていることに気付いたのか、派手な舌打ちが聞こえてきた。

「閉まってる」

「は？　そんなわけないだろ」

ドアノブを回す音の後で、どん、とドアを叩かれた。ロンは思わず一歩さがる。

「……マジだ」

「無理矢理破るか」

「そのヒマねえだろ」

「もう一人は？」

ロン以外で、この家にいるのは良三郎だけだった。

「あっちの部屋だ」

「とりあえず、縛るか」

全身から血の気が引く。じきに男たちの声は遠ざかったが、物音は断続的に聞こえていた。音から察するに、家具をひっくり返したり、引き出しを漁《あさ》ったりしているようだった。

我に返ったロンはスマホを手に取り、震える指で１１０番にかけた。すぐに男性の声が返ってくる。

「事件ですか、事故ですか。何がありましたか？」

「今、うちに強盗が来てるんですけど」

早く。早くしなければ、良三郎が危ない。照明を消した部屋のなか、焦る気持ちを抑えて状況を説明する。会話は五分ほどで済み、すぐに警察官が駆け付けることになった。

スマホから耳を離すと、まだ足音が聞こえた。武器になりそうなものを探したが、物干し竿《ざお》くらいしかない。しかし部屋に閉じこもっている間にも、良三郎に危害が加えられるかもしれない。

——イチかバチか。

ロンは静かにドアノブをひねり、そろそろとドアを押し開けた。もし襲いかかられたら、いつでもドアを閉める準備はしていた。近くから声が聞こえないことを確認してから、呼吸を整え、ゆっくりと顔を外に出す。

廊下には誰もいなかった。リビングはもう一枚のドアで隔てられている。そちらから、荒々しい足音が聞こえた。

「行くぞ」

誰かの声が聞こえた。反射的にロンがドアを開けると、窓から外へ飛び出そうとする男の背中が見えた。外階段から逃亡するつもりらしい。室内にはもう一人の男がいて、そちらは懐中電灯を手にしている。二人とも黒の上下に身を包み、ニットキャップをかぶっていた。

「逃げんな!」

気が付けば、叫んでいた。逃がしてはいけない、という一心だった。怒声を上げてから素手であることを思い出したが、もはや構っていられない。

二人が同時に振り返った。窓に足をかけていた男は、そのまま外に脱出する。もう一人は突然声をかけられてパニックに陥ったのか、その場で右往左往していた。見たところ、ロンと同じくらいの中肉中背である。右手に懐中電灯、左手にハンマーを握っていたが、放り投げて窓から逃げようとした。

　ロンはとっさに相手の右手首をつかんだ。男は振りほどこうとするが、両手で抱えこんで逃がさない。

「待てコラ！」

　そのまま力ずくで引きずり下ろす。左手で首根っこをつかみ、うつぶせに床に叩きつけ、腰の上からのしかかる。テレビで見た護身術を思い出し、手首を背中へひねりあげる。男が悲鳴を上げた。

「痛い痛い！」

　効いているようだ。床に転がっていたハンマーは、手が届かない距離まで蹴り飛ばす。男はじたばたとあがいていたが、ドアの外から「警察です」という声が聞こえると、観念したのかぐったりと力を抜いた。

　懐中電灯が、床に落ちたスマホを照らし出していた。ロンのものではない。とっさに手を伸ばしたロンが画面を見ると、スピーカーモードで通話中になっていた。080からはじまる携帯番号が表示されている。

「〈ドール〉か？」

　呼びかけるが、応答はない。

「小柳龍一だ。うちに押し入って、何がしたいんだ？」

通話は切れた。ロンは「クソが」とスマホを捨てる。

自宅に入ってきた二人の制服警官は、床に伸びている男を見てぎょっとした。

「大丈夫ですか。ケガは？」

「早く、奥に！　じいさんがヤバいかもしれない」

ロンは男から目を離せなかったため、良三郎がどんな目に遭っているかわからない。男を警官に任せ、もう一人の警官とともに良三郎の部屋へ急ぐ。

「おい、じいさん」

戸を開けて照明をつけると、手足を縛られた良三郎が布団の上に転がされていた。手首足首はガムテープで巻かれたうえ、結束バンドで乱雑に固定されている。顔の下半分にもガムテープが貼られ、まともに声を発することができない。涙目の良三郎は、助けを求めてうめいていた。

「待ってろ」

ロンは台所から持ってきたハサミで、慎重に顔のガムテープを切り裂き、手足の結束バンドとテープも切断した。口が自由になると同時に、良三郎は荒い息を吐いた。顔じゅうに脂汗が浮いている。

「大丈夫か」

良三郎はうつ伏せになり、腰を押さえてうめいた。

「腰が……」

「殴られたか？」

警官は室内を見分しているようだった。ロンは良三郎の寝巻きをめくり、背中を確認する。右腰のあたりが赤く腫れていた。瞬間、頭に血が上る。

——やったな。

良三郎の部屋を飛び出し、先ほどの男のもとに駆け寄る。男は警官と向き合い、床にあぐらをかいてうなだれていた。ロンは問答無用でその胸ぐらをつかむ。男が目を見開いた。よく見ればロンよりも若そうだ。

「じいさんに何した」

「はっ、え？」

「暴力をふるったのか、って訊いてんだよ！」

男の目が怯《ひる》んだ。口からは「えっ、あっ」と意味のない音が発せられるだけで、まともな回答は得られなかった。

「答えろ！」

詰め寄るロンに、警官が「その辺にして」と声をかけた。仕方なく、胸ぐらをつかんでいた手を放す。状況を踏まえれば、押し入った男たちが良三郎に暴行を働き、縛り上げたのは明白だ。本当なら今すぐに殴り飛ばしてやりたいが、警官がいる手前、さすがにそれはできなかった。良三郎の部屋にいた警官が戻ってくる。

「この家の方ですね？」

「はい。俺が通報しました」

「状況を教えていただけますか」

「あの、じいさんは」

「救急に連絡しました。ご安心ください」

ケガの程度がわからないのに、安心のしようがない。だが、今は救急車の到着を待つしかなかった。ロンは促されるまま、ダイニングの椅子《いす》に腰かけ、順を追って説明する。侵入した男は玄関の脇《わき》へ引き連れられ、うなだれていた。

先に到着したのは、応援の警察官たちだった。彼らが捕まえた男を連れ出した直後、建物の前に救急車が停まった。サイレンの音を聞きつけた近隣住民たちが数名、表に出ていた。

担架に乗せられ、救急隊員に運ばれていく良三郎を見送りながら、ロンはまだ夢のなかにいるような気分だった。しかし手の甲にできた擦り傷の痛みが、これは現実だと伝えてくる。

まさか、わが家が強盗の標的になるとは思っていなかった。金目のものなどないし、事実、家財はほとんど盗まれていないようだった。しかも、この家があるのは横浜中華街という繁華街の中心部だ。ロンの自宅が強盗に狙われたのは、ただの偶然とは思えない。

間違いなく、背後で糸を引いているのは〈ドール〉――南条不二子だ。

侵入した男たちの一人は、「図面見ろって」と言っていた。やつらはこの家の間取りの情報を、あらかじめ入手していたのだ。勝手に侵入でもしない限り、他人の家の間取りなどわからない。しかし南条不二子ならわかる。彼女はかつて、この家に住んでいたのだから。

この家を襲う理由は何か。良三郎とロンへの直接的な復讐。あるいは、もう首を突っこむな、という警告。

悔しさがこみあげ、奥歯を強く噛みしめた。

迂闊だった。向こうはこちらの自宅など当然知っているのだから、その気になればいつでも襲撃できる。それなのに、ロンは不用意に南条不二子の捜索をはじめた。結果、良三郎を負傷させてしまった。

「小柳さん？」

事情を聴いていた警官が、顔を覗きこんでくる。ロンは我に返り、「すみません」と答えた。

――どうすればいい？

これ以上、調査を進めていいのだろうか。

夜更けのダイニングで、〈山下町の名探偵〉は沈黙した。

4

私が生まれ育ったのは、寒い街だった。

雪は少なかったが、県内でもとりわけ寒い地方だった。十一月前半には肌を切るような冷たい風が吹き、大人たちはコートやダウンジャケットを着こんだ。子どもはたくさん重ね着するため、着ぶくれで丸くなっていた。

だが、幼い私に与えられたのは、薄い綿入れ一着だけだった。ぷくぷくしたシルエットの子どもたちのなかで、私だけは痩せた体形をさらしていた。それでも、新しい服がほしい、とは言えなかった。家が裕福でないことは、物心ついた時には理解していたからだ。

父は最初からいなかった。母と私が暮らす木造アパートは、駅から近かったがずいぶん古びていた。暖房器具は、骨董品《こっとうひん》のような電気ストーブ一つだけだった。

母はホテルの客室清掃の仕事をしていた。朝七時過ぎには家を出て、夜は早くとも六時まで帰ってこない。保育園児の頃は、園が開いているギリギリの時間まで預かってくれたけれど、小学校に上がるとそうもいかなくなった。夕方五時を過ぎると学童にはいられなかったため、誰もいない家に帰った。それ自体は構わない。母は少し遅くなってもちゃんと帰ってきたから。

それよりも、帰宅した母が一切構ってくれないことがつらかった。

母は帰宅すると、まず買いためてある焼酎《しょうちゅう》を飲んだ。私には見向きもせず、ナッツやスルメを食べながら、ひたすら酒を飲み続けた。ご飯を食べろとも、風呂に入れとも、早く寝ろとも言われなかった。その代わりいくら話しかけても、母はうんともすんとも言わなかった。

私は家のなかで、空気だった。

しつこく話しかけるとビンタが飛んできた。どんなに号泣しても、母はまた私を無視した。泣き疲れて眠り、深夜に目覚めると、部屋は真っ暗になっていた。布団に移してもらったり、毛布をかけてもらったりしたことは、一度もなかった。

清掃の仕事は土日が休みのはずだったが、母は出かけることが多かった。私は与えられた雑誌を読んだり、テレビを見て過ごした。一緒に出かけたい、とお願いしても、子どもが来るところじゃない、と拒絶された。

ネグレクトと言えるのかどうか、わからない。食事は毎食なんとかなったし、最低限の着るものやおもちゃも与えられた。アイロンがけされていたことはないが、洗濯もやってくれた。ただ、私の記憶にある限り、母から「愛している」とか「大好き」とか言ってもらったことは、一度もなかった。

小学三年生の寒い冬の日だった。日曜の朝から、母はいつものように外へ出て行った。行ってきます、の一言もなく。私はひそかに綿入れを着て、母の後を尾行した。

母が徒歩で向かったのは、駅前のパチンコ店だった。小学生の私にとって、そこは男の人ばかりが出入りする怖い場所だった。けれど、店内に入らなければ母が何をしているのかわからないままだ。勇気を振り絞って、けばけばしい看板を掲げた店のなかへ足を踏み入れた。

母はパチンコ台の前に座り、無表情でハンドルを握っていた。視線は銀玉の行方を追っている。他には何も目に入っていないようだ。

呆然《ぼうぜん》と盤面を見つめる母の横顔は、死人のようだった。母との思い出はもはやおぼろげにしか覚えていないが、あの横顔だけは鮮明に記憶している。

私はその瞬間、悟った。このパチンコ店で過ごしている間だけ、母はしんどいことを全部忘れられるのだろう、と。その、しんどいこと、がなんだったのかはいまだによくわからないが。

私は母について何も知らない。同じ家で暮らしていたはずなのに。

商業高校に進んだ私は、卒業と同時に地元の水産加工会社に就職した。

仕事はさほどつらくなかった。経理に配属された私は、どうやら有能だったらしく、上司はよく「南条さんを見習え」と同僚たちに言っていた。ただ、面白みはかけらもなかった。

会社の人間関係はいやに濃密だった。月曜から金曜まで一緒に働いた同僚たちが、土日にまで飲みに行ったり、バーベキューをしたりするのが不思議だった。仕事をしているのはお金をもらうためであって、友達を作るためではない。全部断っていると、そのうち誰からも誘われなくなった。

あいかわらず、母とは一緒に住んでいた。少しだけ広い部屋に引っ越したけど、古いアパートであることは変わりなかった。母は私に無関心なままだったが、就職すると、次第に金をせびるようになった。普段から生活費は入れていたのに、土日が来るたびに五千円や一万円を求められた。

――勝ったら返すから。

それが母の口癖だったが、金が返ってくることはめったになかった。家事はいつからか、私がほとんどやるようになっていた。会社と自宅を往復し、仕事と家事を黙々とこなした。

二十二歳の二月だった。

平日の夜、一人でテレビを見ていた。その番組は、横浜中華街を特集していた。今はちょうど春節という期間で、この時期、中華街はお祭り騒ぎなのだと説明していた。画面のなかではランタンが光り、獅子舞《ししまい》が踊っていた。

突然映し出された派手な催しに、私の目は釘付けになった。赤や橙《だいだい》できらびやかに彩られた世界は、まるで日本ではないような、さらに言えばこの世ではないような光景だった。

——ここに行きたい。

そんなことを思ったのは、生まれて初めてだった。この街を出ようなんて、考えたことすらなかったのに。

今になればわかる。当時の私は、行き止まりとしか思えない日常を一変させてくれる何かを求めていた。ただ、適切な逃げ場がほしかった。そして私の目に、たまたま中華街がユートピアとして映った。遊びに行くのではない。行く以上、故郷に戻るつもりはなかった。

母に黙って、会社に退職願を出した。最低限の衣類や日用品だけ残して、ひそかに持ち物を処分した。

出立したのは、三月なかばの平日だった。その日も母は、いつものように清掃の仕事に出かけていった。私の荷物はスーツケース一つだった。部屋を出て、施錠した後でカギは郵便受けに入れた。置き手紙は残さなかった。母はいつも私に何も言わずに出かけていたんだから、私だって母に言う義理はない。

その日の夜、横浜中華街に到着した。獅子舞はいなかったけれど、テレビで見たのと同じ風景だった。故郷よりもずっと暖かく、思わずコートを脱いでいた。これまでの人生で最も興奮していた。

ここから本当の人生がはじまる。そんな予感があった。

黄金町《こがねちょう》のアパートの一室を借りて暮らしはじめた。中華街まで歩いて三十分の距離にあることと、家賃が安いことだけが取り柄の部屋だった。けれど古い部屋に住むことには慣れていたし、狭いことも特に問題なかった。同じアパートに住んでいるのは外国人の風俗嬢ばかりで、お香の匂いの強さは気になったけど、我慢できないほどではなかった。

仕事はすぐに見つかった。関内にある建設会社が経理を募集していて、応募してみたら、面接を一度しただけであっさり採用が決まった。

週末が来るたび、一人で中華街に通った。友達なんかいなくても不満はなかった。なじみの中華料理店でご飯を食べ、中国茶の店で一服すれば、それだけで十分幸せだった。

一人きりでいることがこんなに楽だとは思わなかった。あんなに構ってほしいと思っていた母は、いつからかただの重荷になっていたのだ。

働きはじめて一年が経った頃、会社の先輩が、私と付き合いたいと言ってきた。戸惑いしかなかった。私には、誰かを好きになるということがよくわからなかった。実はすでにお付き合いしている人がいる、と嘘をついて断った。翌週には、私に恋人がいるらしい、と社内の人みんなが噂していた。

私には、恋愛や男女関係の話題で盛り上がれること自体がおめでたく思えた。生活が満たされているから、そういう余計なことに意識が向く。恋愛なんて、幼い頃から空虚さを抱えている私には無縁なものだ。

……そう思っていた。孝四郎と出会うまでは。


二十五歳の春。横浜に移り住んでから三年が経っていた。

その日、私は「翠玉楼」で麻婆豆腐を食べていた。四川料理の名店である「翠玉楼」には、すでに何度か行ったことがあった。名物の麻婆豆腐は、花椒《ホアジャオ》の風味としっかりとした辛さが売りで、汗をかきながら食べるのがおいしかった。

あらかた食べ終えたところで、突然、「すみません」と話しかけられた。驚いて振り返ると、白いコック着に身を包んだ男性が立っていた。年齢は私と同じくらい。彼は心から恐縮した表情だった。

「召し上がっている麻婆豆腐なんですが、実は……味付けをミスしていまして」

「はあ」

「唐辛子が控えめになってしまったせいで、普段に比べて辛みが不足してしまっています。お出しした後に、使用する匙《さじ》を間違えていたことに気付きまして。たいへん申し訳ございません」

まず思ったのは、さすがに神経質すぎないか、ということだった。率直に言って、唐辛子のちょっとした量の違いなど、素人の私にわかるはずがない。なのに彼は、痛恨の失敗をした、と言わんばかりの顔つきだった。

「お代は結構ですので」

「えっ、いいんですか？　すごくおいしかったですよ」

「こちらのミスですから。いただけません」

「いや、でも……」

「結構です。どうか、私の顔を立ててください」

何度かの押し問答の末、お代はタダになった。支払わなくていいのはありがたいけど、こちらは何も損していないのだし、ちょっとした罪悪感があった。

「じゃあ今度、また食べに来ます」

「ありがとうございます」

彼は丁重に頭を下げた。背筋を伸ばした、綺麗なお辞儀だった。

店の奥から、「コウシロウ！」と怒鳴る声が聞こえた。彼が振り返る。

「ではこれで。会計のことは、店の人間に伝えておきますんで」

コウシロウは慌てて店の奥へと姿を消した。無意識のうちに、私はその背中が見えなくなるまで目で追っていた。

次に「翠玉楼」を訪れたのは、一週間後の仕事帰りだった。夜と呼ぶにはちょっと早い時間帯で、店内は空《す》いていた。再び麻婆豆腐を頼むと、たしかに前回より少しだけ辛い気がした。

「お口に合いましたか？」

またしても、彼は唐突に話しかけてきた。

「おいしかったです」

「よかった」

コウシロウが顔をほころばせた。もともと垂れぎみの目尻《めじり》が、笑うとさらに下がる。

「今日は間違えなかったんですよね？」

ちょっとした冗談のつもりだったが、彼は顔をこわばらせた。

「細心の注意を払いました」

「嘘、嘘。冗談ですって」

あまりに生真面目な反応を見て、思わず笑ってしまった。私が笑ったことで安心したのか、コウシロウの頬も緩んだ。

――ちょっと、楽しいかも。

「コウシロウさんって、漢字でどう書くんですか？」

他人に興味を持つことなんてないのに、なぜか彼のことは知りたくなった。彼は「名前、言いましたっけ」と言った。

「ごめんなさい、呼ばれてるのが聞こえたんで」

「ああ。親不孝の孝に、数字の四、桃太郎の郎です」

「親孝行の孝、じゃなくて?」

わざわざ〈親不孝〉というネガティブな言葉を使ったのが、気になった。孝四郎は何かを諦めるように、薄く笑った。

「はい。出来が悪い子どもなんで」

孝四郎は「そろそろ戻らないと」と行きかけたが、立ち止まってこちらを見た。

「また、食べに来てくれますか?」

その一言に、心拍数が上昇した。

「……いいですけど」

「よかった。次は、他のメニューも食べてみてくださいね」

今度こそ、孝四郎は背中を向けて去っていった。

――また、食べに来てくれますか?

彼がいなくなってからも、耳の奥ではさっきのセリフが何度も再生されていた。

身体が熱いのは、麻婆豆腐だけのせいではなかったと思う。

それからは毎週のように「翠玉楼」に通った。

私が行くのは、店が空いている平日の夕方だった。そうでないと、孝四郎と話せないと思ったから。私は行くたびに違うメニューを注文した。麻婆豆腐だけでなく、担々麺《タンタンメン》も、回鍋肉《ホイコーロー》も、口水鶏《コウシュイジー》も、酸辣湯《サンラータン》も、全部おいしかった。

孝四郎は、決まって食事の終盤に現れた。

「今日はいかがでしたか？」

そう声をかけられ、私が感想を話す。それを聞いた孝四郎が笑顔になる。お決まりのやり取りなのに、毎回、新鮮に楽しかった。

三か月ほど経ったある日、孝四郎が「南条さんはグルメなんですね」と言った。

「いいえ、全然。中華街のお店は色々食べてますけど」

「横浜の人なんですか？」

孝四郎は何気ない調子だった。なのに私は、ぎこちなく微笑するのが精一杯だった。

「今は」

そう答えると、孝四郎も何かを感じ取ったのか、それ以上は訊かなかった。

ただ話すだけの関係が半年ほど続いた頃、孝四郎が会計の応対をしてくれた。いつもはフロアの人がやってくれるため、珍しいことだった。お釣りを握りしめた孝四郎が、「南条さん」といつになく上ずった声で言った。よく見ると、顔が赤かった。

「横浜駅に、うまい麻婆豆腐の店があるらしいんです。研究のために行ってみたいんですけど、よかったら今度、一緒にどうですか。その、南条さん、麻婆豆腐お好きだと思うんで、鋭い意見をくれるんじゃないかと思って」

びっくりするほどの早口だった。笑っちゃいけない、と思いつつ、おかしくてつい笑ってしまった。一瞬で、孝四郎の顔が絶望に覆われる。

「……笑わなくてもいいじゃないですか」

「違うんです。ごめんなさい。行きましょう、ぜひ」

その場でメモに電話番号を書いて、渡した。途端に孝四郎の顔が明るくなった。

「よかったぁ」

かわいい人だな、と素直に思った。

それから、付き合いはじめるまでそう時間はかからなかった。空っぽだった私の人生に、孝四郎という意味ができた。自分がこの世に生まれて、生きていることには意義があるのだと、初めて思えた。

私にとって、孝四郎はすべてだった。この人のためならなんだってやれる。そんな相手は、人生で一人だけだ。

孝四郎が亡くなって、もうすぐ十五年が経つ。

今の私を見たら、彼はどう思うだろう。

＊

車いすを押しながら雑踏を歩くことには、慣れていた。ここ数年、ヒナと一緒に出歩くことが多かったからだ。最初はぎこちなかったハンドル操作も、ずいぶんうまくなった。これなら街中で車いすの人を助けることもできる、という自信もついた。

ただ、祖父の車いすを押して歩くことになるとは思っていなかった。

「もう少しまっすぐできないか」

車いすの良三郎は前を向いたまま叱責する。中華街は午前中だというのにもう混雑していて、人を避けるためにはどうしてもハンドルを左右に動かす必要があった。

「できるだけまっすぐやってるよ」

「フラフラしてるだろ」

「これくらい我慢しろって」

「あっ、またぶつかりそうになった」

「うるさいなぁ」

「お前の操縦が危ないから言ってるんだろうが」

二人とも前方を向いたまま、ひっきりなしに口を動かす。良三郎はケガをする前と変わらず口が達者だった。むしろ、前よりも口数が多くなったかもしれない。

自宅前に到着した時には、ロンはへとへとだった。〈横浜中華街法律事務所〉の看板が、ぐったりしたロンを見下ろしている。

「休むな休むな。若いんだから」

良三郎が身体をひねり、振り返った。

「ほら、さっさとおんぶしてくれ」

「勘弁してくれよ」

ロンは渋々、車いすの前にしゃがみこんだ。良三郎が肩に腕を回す。ロンは後ろに手を回し、良三郎の足を持ち上げる。背負った良三郎は、意外なほど軽かった。

「行くぞ」

背中の祖父に声をかけてから、外階段を上る。車いすはいったん置いておく。後で事務所の片隅にでも動かすつもりだった。ロンは一歩ずつ、慎重に階段を上る。滑ったり踏み外すようなことがあれば、良三郎が危ない。最後まで上りきった時、安堵《あんど》の息が漏れた。

良三郎をおんぶしたまま施錠を解き、部屋に入る。靴を脱いで、ダイニングの椅子に座らせた。

「やっと帰ってこられた」

良三郎が自宅に帰るのは一週間ぶりだった。

強盗に襲撃された後、救急車で病院に運びこまれた良三郎は腰椎《ようつい》圧迫骨折と診断された。押し入った二人組の男たちは、良三郎を蹴倒して手足を縛ったというが、転倒した時に腰を強く打ったことが原因だったらしい。そのまま入院、手術し、ようやく今日退院したのだった。

入院中には、良三郎への事情聴取も行われた。聴取を担当したのは、加賀町警察署刑事課の所属になった欽ちゃんだった。ロンもその場に同席させてもらった。

――寝てたら、ガチャン、って音がいきなりしたんだよ。

ロンと同じく、良三郎も窓が割られる音で目覚めたらしい。良三郎はすぐに起き上がって照明をつけたが、それがかえって犯人を呼びこむことになった。二人の男たちが襲いかかり、あっという間に良三郎は身動きが取れなくなった。

――あいつらはリビングとダイニングを漁ってた。

盗まれたのは、台所の引き出しに保管していたキャッシュカードと銀行通帳だった。幸い実害が出る前に口座を止めることができたため、金銭的な損失はない。窓や食器の一部は壊されたが、それ以外の目立った被害はなかった。

それでも、良三郎の怒りは収まらなかった。

――家の修理代と俺の治療費は、必ず弁償させるぞ。

すでに修理が済んだ窓は、新品のせいかそこだけ周りから浮いている。

ロンがその場で身柄を確保した男は、警察署に連行され、逮捕された。男は案の定「SNSを通じてアルバイトに応募した」と話している。〈ドール〉がからんでいるかどうか欽ちゃんに尋ねると、ふん、と鼻息で応じた。

――確証はない。でも99パー、クロだろうな。

小柳家と南条不二子の因縁をふまえれば、彼女が関わっていないと考えるほうが不自然だった。もう一人の実行犯は、いまだ捕まっていない。

「お茶でも淹《い》れてくれ」

自宅に戻ってきた良三郎は、早くもリモコンでテレビをつけてくつろいでいる。

「俺？」

「お前しかいないだろ」

「じいさん、もう歩けるよな？　医者も歩いていいって言ってたろ」

「まだ違和感があるんだよ。だからわざわざ車いす持ってきたんだろうが。ほら、茶を淹れろ。ケガ人をいたわれ」

しかたなく、ロンはほうじ茶を淹れる。台所で作業していると、「茶菓子もな」という良三郎の声が聞こえた。以前にもまして人使いが荒くなっている。「はいはい」と答えて、買い置きのせんべいを出してやる。

「なんだ、しけってるな」

「ちょっとくらいいいだろ」

ロンもテーブルを挟んで向かいに座り、同じせんべいをかじった。良三郎は数秒で一枚たいらげ、手についた粉を払った。

「……しかし、お前が無事でよかった」

良三郎のつぶやきは、声よりも大きく響いた。

「よくないだろ。じいさんがケガさせられたんだから」

「俺はいいんだ。腰椎圧迫骨折ってな、高齢者がよくなるもんらしい。重い物持ち上げたりとか、ちょっとした拍子に折れることもあるんだってよ。要するに、もともと俺の骨は弱くて折れそうだったってことだ。今回じゃなくても、どうせいずれは折れてた。ケガするのが早まっただけだ」

「でも……」

「そろそろお茶、いいだろ」

良三郎に言われ、ロンは席を立った。二つの湯呑《ゆの》みにほうじ茶をそそぎ、両手で持ってテーブルまで運ぶ。良三郎は礼も言わずにすすりこんだ。

「家の茶が一番うまいな」

ゆったりとした良三郎の顔を見ているうち、だんだん、ロンの心も落ち着いてきた。ケガがなかったとはいえ、この一週間は警察の事情聴取があったり、自宅の補修があったりでバタバタしていた。幸い事務所の仕事は休めたが、良三郎の入院や保険金の手続きもすべてロンが対応したため、ひどく疲れた。

だが、立ち止まっているヒマはない。早く南条不二子の身柄を押さえなければ、また襲撃を受けるかもしれない。普通に考えれば同じ家に二度も強盗に入るなどあり得ないが、この件に限ってはそうとも言えない。

「どう思う?」

ロンが問うと、良三郎は「は?」と問い返した。

「事件の裏に、南条不二子がいると思うか?」

顔をしかめた良三郎がほうじ茶をすする。

「たぶん、そうなんだろうな」

良三郎はすでに、連続強盗事件の黒幕である〈ドール〉が南条不二子だと知っていた。ロンが打ち明けたことはないが、良三郎はいつからか、公然の事実であるかのように口にするようになった。

「警察もそう思ってるんだろ?」

「みたい」

ロンは欽ちゃんとも話したが、意図的に小柳家を狙うのは南条不二子くらいしかいないだろう、と言っていた。

「なら、決まりだろ。疑う余地はねえ」

「でも、なんのためにうちを襲うんだよ。ここで暮らしていた人間なんだから、大した金なんかないのは知ってるはずなのに」

「復讐だろ」

良三郎は、当然、と言わんばかりの口ぶりだった。

「この街への？」

「違う。俺への復讐。欽太《きんた》にもそう言った」

初耳だった。病室での取り調べには、基本的にロンも同席していた。だが、良三郎と欽ちゃんの会話すべてを聞いたわけではない。

「向こうは、殺したいほど俺を恨んでるだろうからな」

「なんだよ、それ」

母と良三郎の折り合いがよくないことは、幼い頃から知っていた。派手なケンカこそなかったが、二人はいわゆる冷戦状態だった。母にパチスロ通いをやめて働いてほしい良三郎と、良三郎の指示をすべて無視する母。間には父が挟まって、母の代わりに良三郎から叱責されていた。

「あの女は、孝四郎が死んだのは俺のせいだと思っている」

「それはないだろ」

むしろ亡くなった直後、中華街では母が殺したのではないかという噂が立っていた。アルコールを受け付けない体質だった孝四郎に、酒を飲ませたのではないか、という疑惑が持ち上がっていた。警察が事故死と結論したことで噂は下火になったが、欽ちゃんや一部の住民はいまだに疑っている。

「なんで、じいさんがオヤジを殺すんだよ」

「殺すわけがない。だが、あの女のなかではそうなっているんだ」

いやに断定的な口調だった。まるで、南条不二子から直接そう言われたかのように。

「……なあ、じいさん」

ロンはほうじ茶を飲み干し、音高く湯呑みを置いた。

「南条不二子はなんで、うちから出ていった?」

父と母が、密《ひそ》かに独立を画策していたことはわかっている。だが、そもそもどうしてそこまで関係がこじれてしまったのか。知りたくとも、おいそれと本人に訊けることではなかった。これまでは。

「知らん」

良三郎の返事は短かった。だがロンは諦めない。

「俺には聞く権利がある。話してくれ」

「何もない」

「それだけでごまかせるほど、もう子どもじゃないんだよ」

しばし、互いに黙りこんだ。ふと窓に視線を送ると、やはりそこだけが真新しく、違和感があった。うつむいた良三郎は、ロンと目を合わせようとしない。

「……俺はただ、あいつらに翠玉楼を残したかっただけだ」

その「翠玉楼」を閉めたのは、良三郎自身だった。閉店からもう四年が経つ。

「翠玉楼は、俺の人生そのものだった。俺の親父《おやじ》が福富町《ふくとみちょう》の定食屋からはじめた店が、いつの間にか中華街を代表する四川料理の店、なんて言われるようになった。ブームのおかげもあったと思う。だが、親父も俺も死ぬほどがんばってきたからこそ、評価されるようになったんだという自負もある。お前のひいじいさんは、とにかく働き者でな。いつ寝てるのかわからんくらい、いつも厨房にいた。俺は、そうやって仕事をするのが正しいと思っていた」

良三郎が、自分の父親について語るのは珍しかった。

「だから親父が死んで俺の代になった時、親父がいない穴を埋めようと必死で働いた。それこそ寝ずにな。その時には孝四郎も手伝いくらいはできるようになっていたから、できるだけ手伝わせた。俺が親父の背中を見て育ったように、あいつにも俺の背中を見せなきゃならなかった」

「オヤジは何歳から働いてたんだ?」

「忘れた。小学生の頃から、厨房には出入りしていたと思う。包丁を握らせたのは高校卒業してからだったが」

ロンは孝四郎の少年時代を想像してみる。実家は中華料理の名店で、働きづめの父親は自分にもそうするよう求めている。料理人以外になることは、許されそうにもない。それは「翠玉楼」の跡継ぎとしての宿命だった。

ロンと同じ地元の高校を卒業した孝四郎は、当然のように「翠玉楼」のコックとなる。仕事を選択する余地はなかった。

「オヤジが料理人になったのは、自分の意思か?」

「強制はしていないが、なって当然だとは思っていた」

ロンの視線をかわすように、良三郎は「わかってるよ」と横を向いた。

「時代遅れな考え方だった。でもな、俺は本気で、翠玉楼を譲ることがあいつの幸せになると思ってた。サラリーマンなんか、なったところで面白くもねえ。手に職をつけて自分で店を切り盛りする。それが本当の商売ってもんだ。他の誰がなんと言おうと、俺は今でもそう思ってる」

ほんの少し、祖父が哀れになった。

ロンがあと十歳若ければ、良三郎の意見に流されていたかもしれない。しかしもう、ロンは知っている。この世には無数の生き方があることを。サラリーマンだろうがフリーターだろうが、楽しそうに生きている人間も、尊敬できる人間もいる。良三郎はただ、「翠玉楼」で働く以外の生き方を知らないだけだ。

「やっとわかったよ。なんで、オヤジが俺に店を継ぐことを強制しなかったのか」

小学一年生の時、父から言われた言葉はいまだに覚えている。

——龍一は、やりたいと思うことをやれ。お前には料理人以外の可能性もある。二十二歳までいろいろやってみて、それでも店を継ぎたいと思ったら厨房に入れ。

孝四郎には、他に目指したいものがあったのかもしれない。しかし自分を殺して、父は「翠玉楼」に人生を捧げる覚悟をした。

「最初から、不二子さんとはそりが合わなかった」

良三郎は陳皮《ちんぴ》を嚙んだような苦い顔をした。

「一緒に暮らしていくうちにわかってくれるだろうと信じていたが、勘違いだった。それでもロンが小さいうちはしょうがないと思っていた。俺だって、むやみやたらと文句を言ってたわけじゃねえ。ただな、生まれてすぐにお前を保育園に入れた割に、やるのは最低限の家事だけで、店の手伝いもせずにフラフラしていたら、小言の一つも言いたくなるだろ」

良三郎の言い分も理解できた。ロンには、祖父と母のどちらが悪い、などと断じることはできない。双方の理屈があり、双方の事情がある。大人になった今、この世に百パーセントの悪などないことをロンは知っている。

「二人が独立を計画していたことは、本当に知らなかったのか？」

ロンの両親は、良三郎には告げず横浜市内の物件を下見していた。「翠玉楼」から独立し、自分たちの店を持つためだ。

良三郎は「まったく」と首を横に振った。

「気配もなかった？」

「ああ」

「一緒に住んでたのに、全然気付かなかったの？」

「何度も言わせるな」

不機嫌そうに、良三郎の声が沈んだ。

おそらく良三郎と息子夫婦の間には、仕事以外の会話がほとんどなかったのだろう。良三郎の関心は「翠玉楼」だけだった。跡継ぎの息子が「翠玉楼」から出ていこうとしているなんて、想像もしていなかっただろう。

良三郎はいまいましげに頬を歪《ゆが》める。

「あの女が、孝四郎を乗せたんだよ」

「なんでわかるんだ」

「わかるさ。結婚してから孝四郎は人が変わった。もともとは、間違っても独立なんて考える人間じゃなかった。そそのかされたんだよ」

ロンはその推測を保留した。当時の経緯がわからない以上、判断のしようがない。

「実際、どう思ってる？」

「あん？」

「オヤジが死んだのは、ちょっとはじいさんのせいなのか？」

良三郎は「バカ」と応じたが、声には力がこもっていなかった。

「あいつが死んだ次の日に、不二子さんが言ってた。孝四郎が死んだのはあなたのせいです、ってな。あなたが働かせすぎたから、孝四郎は過労で意識を失ったんだって。ふざけんな、って話だ」

良三郎は湯呑みを持ち上げたが、中身は空だった。

「それを言うなら、孝四郎が死んだのは不二子さんのせいだ。浴槽で溺《おぼ》れたのは、風呂に入る前に酒を飲んだのが原因だろ。酒が飲めない孝四郎に酒を飲ませた、自分の責任はどうなる？」

「……あの夜、二人の結婚記念日だったんだろ」

それは南条不二子からじかに聞いたことだった。

「記念日だから、オヤジの意思で飲んだんじゃないか」

「どうだかな」

どれだけ話しても会話は堂々巡りだ。徒労感が、ロンの肩におおいかぶさっていた。

「部屋に行く。杖をくれ」

ロンは言われた通り、愛用の杖を渡してやる。良三郎は椅子から立ち上がり、少しよろけたが、そのまま自力で歩いて自室へと消えてしまった。後には空の湯呑みだけが残された。

誰にでも、当人なりの言い分がある。良三郎も南条不二子も、各々の正義、各々の信念の下で生きている。それはわかった。

ただ、孝四郎の言い分を聞けないことだけが、ロンには残念でならなかった。

ディスプレイに向かって、ロンは「悪い」と問い直す。

「もう一回、言ってくれるか？」

「だから……どう言えばいいのかな」

画面のなかの蒼太が、くしゃくしゃと頭を掻いた。物わかりの悪い生徒に手を焼く教師のようだった。

ウェブ会議ツールにはロンと蒼太、ヒナの三人が映っている。ロンがいるのは自宅の部屋だ。今日は約一か月ぶりに、三人で集まっての打ち合わせだった。進展があったから共有したい、と言い出したのはヒナだ。

「もう一回、一から説明していい？」

見かねてヒナが横から入ると、蒼太が「お願いします」と言った。

「オッケー。まず、フィッシング詐欺に使う偽サイトが見つかった。ここまではいいよね？」

ロンはうなずく。

ヒナが言う「進展」とは、その偽サイトの発見だった。ヒナは当初、SNS上の人格を駆使してリクルーターや組織幹部の情報を得ようとしていた。だがトベが逮捕されたせいか、強盗事件につながりそうなリクルーターを探すのは難しかった。

代わりに、サイバー犯罪に関与している人物を見つけ出すことはできた。ヒナは「多額の借金を負ったフリーのエンジニア」というペルソナで、〈ドール〉の組織につながる情報を探したのだ。サイバー犯罪には高度なITスキルが必要であり、組織の側も常にエンジニアを探しているはずだ、と見当をつけた。ヒナの予想は的中し、あるエンジニアの紹介で、〈ドール〉の組織へ仲介しているという人物と接触できた。

「その仲介者からサンプルとして提示されたのが、この偽サイト」

ヒナが自分のPC画面を共有した。そこには、有名なネット通販のウェブサイトが表示されている。だがヒナいわく、「精巧に作られた偽サイト」らしい。

「このサイトにクレジットカードの番号とか入力したら、犯人側に筒抜けになるってことだな?」

「そう。メールの文面も本物っぽく作られてる。怪しいメールが届いたら、別途、ウェブブラウザから入り直して確認するのが原則。あとは、アドレスとかURLから見抜くしかない」

ロンは「至難の業だな」とつぶやく。

「でね、このサイトを個別の端末で表示するには、サーバーっていうのが必要なの。このサーバーにウェブサイトのデータが保管されてると思ってほしいんだけど。ユーザーからネットワーク経由でリクエストが来ると、サーバーからデータを引き出してユーザーに提供する。これが大まかな流れ。つまり、ウェブサイトを作っても、サーバーにアップしなければ誰も閲覧できないわけ」

「菊地さん、やっぱりムリっぽいですよ」

蒼太は呆れた顔で「小柳さーん」と声をかけた。あさっての方角を見ていたロンは、はっ、と我に返る。

「ごめん、何がわからないのかもわからないわ」

「……了解。じゃあ、細かい説明は省くね」

ヒナは画面共有を解いて、話を進める。

「蒼太くん。サーバーを特定することってできるかな？」

「楽勝です」

即答だった。

「でも、どうせレンタルサーバーですよね。菊地さんもわかってると思いますけど、利用者情報は事業者が開示しないと思います。捜査機関ならともかく」

「だよね。でもせっかくだし、何か役立てられないかな？」

「ソースコード見ないと、なんとも」

二人の会話はロンにはほとんど意味不明だった。こういう時は下手に邪魔せず、黙っているに限る。ヒナと蒼太は今後の進め方を話し合っていたが、ふいに「サーバーが特定できれば」と蒼太が言った。

「裏技を使えば、その先までいけるかも」

画面の向こうの蒼太の目が、光った。

「そこのレンタルサーバーが契約している、顧客情報が手に入ればいいんですよね」

「機密情報じゃないのか？」

「もちろん。でも、サーバーを運用している会社が特定できれば、情報を窃取できるかもしれない。メールにマルウェアを仕掛けるとか」

ヒナの顔色が変わった。

「ちょっと。何を言っているかわかってるよね？」

「たとえばの話です」

ＩＴセキュリティの知識がないロンにも、蒼太の提案が常識外れであることは察せられた。要は悪意のあるメールを相手に送り付けて、機密情報を盗んではどうか、という提案だ。

「僕が訊きたいのは、小柳さんにどこまでの覚悟があるか、ってことです」

ロンは「覚悟？」と問い返す。

「何度も言っていますが、僕はグレーハットです。自分が必要だと思えば、白にもなれるし黒にもなれる。技術的には、メールにワームを添付するくらいのことは朝飯前です」

見ていられないとばかりに、ヒナが「蒼太くん」と割りこんだ。

「マルウェアの作成や供用は、れっきとした犯罪だよ。不正指令電磁的記録に関する罪。知らないわけじゃないよね？」

「罪名まで正確に覚えてるんですね。さすが菊地さん」

「茶化さないで」

ヒナは本気で怒っているようだった。蒼太が怯んだ顔を見せる。

「僕はただ……現状、できることを提案しているだけです。だいたい、僕が清廉潔白なハッカーじゃないことは、最初から知ってたじゃないですか？」

蒼太は傷ついたのか、拗《す》ねたように口をとがらせた。

ロンは、蒼太と知り合って間もない頃を思い出す。ギフテッドと呼ばれる高ＩＱの持ち主である蒼太は、多くの大人から「お前は特別だから人の役に立て」と求められてきた。蒼太は、彼が白とも黒とも言えない存在になったのは、そうした要請への反発からだった。蒼太は、はじめから正義のハッカーではない。

「……わかった」

ロンはうつむいたまま、声を絞り出した。

「考えるから、時間をくれ」

すかさずヒナが「ロンちゃん！」と叫ぶ。

「やめたほうがいいよ」

「悪いけど、判断は俺に任せてほしい」

「でも」

「他の方法があるならそれでもいい。けど、それしか手がないならやるしかない。俺はどんな手を使っても、南条不二子の居場所を突き止めたい。それに俺たちだって、もともと白ってわけじゃないだろ」

ヒナが口をつぐんだ。

彼女自身、思い当たる節はあるようだった。たとえば〈SNS多重人格〉を利用して情報を収集することは、身分を偽って相手の秘密を引き出す行為だ。ロンがやっている尾行や私人逮捕だって、一歩間違えば罪に問われかねない。

ずっと前から、ロンたちは灰色の領域を歩いていた。

「真っ白な人間なんて、いない」

ロンがつぶやくと、ヒナは切なそうに目をそらした。蒼太が「僕はどっちでもいい」と言う。

「小柳さんがやりたくないなら、やらない。やると決めてくれたら、動く。ただ、本当に南条不二子と会いたいなら、どこかで決断しないといけないと思う」

「決めたら返事する」

「とりあえず、サーバーの特定は進めておくね。じゃ」

蒼太は作業に取りかかるため、オンライン会議から退出した。残されたロンとヒナはしばし沈黙していた。

「ロンちゃん、さっき言ったよね。真っ白な人間なんていない、って」

ヒナの切れ長の目は、心なしか潤んでいた。

「ああ」

「不二子さんも、そうなんじゃないかな？」

ディスプレイに映るロンの顔がこわばった。

「どういう意味だ？」

「不二子さんだって、最初から悪人だったわけじゃないと思う。きっと、はじめはグレーなところからだったんだよ。でも慣れると、だんだん感覚が麻痺《まひ》してくる。あと少し、もう少しだけ深くまで行っても大丈夫、って思っているうちに、真っ黒になっちゃったんじゃないかな」

　たしかにこの数年で、ロンもそんなケースを何度か見てきた。だが、自分がそうだとは思ってもみなかった。

「俺が、南条不二子と同じだって言いたいのか？」

「わたしだって偉そうなこと言えないし、ロンちゃんだけを悪者にするつもりはない。踏み出す時は、わたしも一緒だよ」

　真正面を見据えるヒナの目からは、強い覚悟を感じた。ロンは目をそらす。どちらにせよ、すぐには決められなかった。

「一人で考えさせてほしい」

「……何かあったら、すぐに連絡してね」

　言い残して、ヒナは退出した。

　ロンはイヤフォンを外し、ノートパソコンのカバーを閉じる。強盗。孝四郎の死。〈アルファ〉。サイバー犯罪。負傷した良三郎。リクルーター。マルウェア。グレー。南条不二子。さまざまなことが頭のなかで渦巻いて、ぐちゃぐちゃに混ざっていた。

——どうすればいいんだよ。

心のなかで何度尋ねても、答えは返ってこなかった。

マツは勢いよく涼麺《リャンメン》をすすりこみ、がっしりした顎で麺や具材を咀嚼する。

「やっぱ、夏はこれだな。我ながらうまいわ」

「あ、そう」

平日の午後三時過ぎ。馬車道の「紅林」に呼び出されたロンは、カウンターに肘《ひじ》をつき、隣に座る幼馴染みの食事風景を眺めていた。この時間、「紅林」は休憩のため店を閉めている。フロアには二人の他に誰もいなかった。

「本当に食わなくていいのか?」

マツが訊くと、ロンは首を横に振った。

「腹減ってないから。それ、昼飯なの?」

「昼は営業前に食った。どっちかというとこれは晩飯。これから夜の営業だから」

山盛りの麺を、マツはガンガン胃袋に押しこんでいく。その姿を見ているうち、ぼんやりと思い出すことがあった。

涼麺は、「翠玉楼」の名物メニューでもあった。特製の細麺に、辛みとうまみの詰まったラー油ダレがからむ。辛みは抑えめで、酢が入っていることでより食べやすくなっていた。具材は細切りの焼き豚、キュウリ、もやし、ピーナッツ。「翠玉楼」が営業していた頃、夏場はよく食べていた。

「……やっぱり、俺も食おうかな」

「おっ、そうか。じゃあ準備してやる」

マツは箸を置いて、いそいそと厨房に立った。ロンに料理を振る舞うのが、どこか楽しそうでもあった。

カウンター越しに、ロンはマツの手元を眺める。マツは鍋を水で満たし、コンロの火をつけた。湯が沸くのを待っている間に、手際よく具材を刻んでいく。営業中はまだ手伝いしかやらせてもらえないが、まかないの調理は任されているらしい。

「本当の料理人みたいじゃん」

ロンの軽口に、マツは「だろ？」と応じる。包丁がまな板を叩く、小気味よい音が店内に響いた。

「俺、ここで働きはじめて気付いたんだけど。料理って楽しいんだな」

「飲食店の息子のくせに？」

「だから、だろ」

多く語らずとも、マツの言いたいことはわかった。飲食店を経営することは、料理を楽しむことと同義ではない。それどころか、料理をすることが苦しくなることも多いはずだ。

ロンもまた飲食店の息子であり、思い当たる点は無数にあった。苦い顔をした良三郎や、疲弊しきった孝四郎の顔を見ることは日常茶飯事だった。

マツは手早く調味料を混ぜて、ラー油ダレを作っている。

「やっぱり、いきなり実家で修業しなかったのは正解だと思う。たぶん最初にあの厨房に入ってたら、料理が嫌いになってた」

「なら、よかったんじゃないか」

マツは沸騰する湯のなかに、一人前の麺を投じた。ぽこぽこと泡立つ水面を見ながらつぶやく。

「ロンは？」

「何が？」

自分に質問の矛先が向くとは思っていなかった。

「仕事。清田先生の下で働いて、どう？」

「ああ……ああいう働き方もあるんだな、って感じ」

「どういうこと？」

「こんなプライドのない人いるんだ、って思ってたんだよ。最初は」

マツに連れられてきた清田は、心底情けない顔をしていた。金にならない仕事ばかり受けて事務所を追い出された中年弁護士は、ロンの目には「助けなければいけない大人」として映った。だから「翠玉楼」だった一階を貸した。

「でも違った。清田先生は、どんなに金がなかろうが、事務所をクビになろうが、困っている人を見捨てないって決めてるんだよ。その代わり、自分が金に困ったら土下座でも泣き落としでも何でもやる。プライドがないからできるんじゃない。ある意味、めちゃくちゃプライドが高いからできるんだ」

マツは茹《ゆ》でた麺をザルですくい、流水で冷やした。

「俺が見こんだ通りの人だろ？」

「そうかもな」

マツは水気を切った麺と具材を、皿に盛りつけた。ラー油ダレと一緒にトレイに載せて、カウンター越しにロンに渡す。

「涼麺、一人前」

「ありがとう」

ロンは箸を取り、ラー油ダレを回しかけて麺を混ぜる。赤く染まった麺をすすりこむと、唐辛子の辛みが舌を刺激し、続けてうまみが追いかけてくる。どこか「翠玉楼」の涼麺と似ていた。

音が交互に聞こえる。

「すげーうまい」

「そうだろ、そうだろ」

マツは手を洗って隣席に戻り、食事を再開した。麺をすする音と、エアコンの駆動する音が交互に聞こえる。

あらかた麺を平らげたところで、マツが切り出した。

「で、だ」

「頼まれてた件だけど」

「面会、行ってくれたのか」

「行ってきたよ、クソ暑いなか。ワイシャツなんて久しぶりに着たわ」

「会えたか？」

「会ったよ。しかも三回も。なんか知らんけど、差し入れしたら気に入られたわ。俺って記者向いてるのかな？」

マツはポケットからメモの束を取り出して、カウンターに置いた。ボールペンで字が殴り書きされている。

「留置場って、スマホの持ちこみNGなんだな。紙に書いてきた」

「これ全部？」

メモの枚数は約二十枚に上っていた。

「しょうがねえだろ。何が大事か、俺にはわからないんだから」

「いや……そこまでしてくれたんだな」

「やるからにはフルでやる。じゃないと、意味がない」

マツらしい言葉だった。柔術だろうがギャンブルだろうが、やるからには徹底してやる。

涼麺を完食したマツは、「えーと」と一番上のメモをつまんだ。

「まず、トベって名乗ってた男のことだけど。本名は小松雄作《こまつゆうさく》、四十一歳。闇バイトのリクルーターをやってたのは三年くらい」

「そんなにやってたのか」

「ロンも言ってたけど、特定の組織に属してたわけではないらしい。何個かの組織から依頼を受けて、闇バイトの実行役を集めるのが仕事だった。三年前にはじめた時は、全然違う連中から頼まれてたとか言ってた」

トベはもともと、SNS経由で怪しい物品の運び屋をやっていた。一年ほどは運び屋を続けていたが、ある時から「昇格」という名目でリクルーターを命じられるようになった。報酬の額は上がったらしく、トベとしても不満はなかった。

「リクルーターとしては優秀だったらしいぞ」

「本人いわく、だろ？」

「まあな。でも、三年捕まってないのはすごくないか？　並行で仕事を受けてたから、かなり稼いでたらしい。ずーっと忙しくて、金使うヒマなかったんだと。だから捕まって、久しぶりにゆったり生活できてるってよ」

これまで捕まらなかったのは、警察が闇バイトの摘発に本気を出していなかっただけ、というのが真相な気もする。が、とりあえずは黙っておく。

「〈ドール〉の組織については？」

「ちょっと待て。情報が多すぎて、俺もよくわかってない」

「どこが記者に向いてるんだよ」

メモをめくりながらチェックしていたマツが、「あったぞ」と手を止めた。

「これだ。トべが〈ドール〉の組織と付き合いをはじめたのは、去年から。海老名の事件が最初だったらしい」

「あれもトべが人集めしたのか」

「というか、それ以後の〈ドール〉の強盗事件は全部トべが手配している。あいつ、自慢してたよ。俺は仕事のクオリティが高いから、すぐ〈ドール〉に気に入られたんだ、ってな」

「その割に、実行役はすぐ逮捕されてるけどな」

「強盗さえうまくいけば、後はどうでもいいんだろ」

マツが鼻の頭に皺を寄せた。嫌悪感が滲む。

「〈ドール〉とは会ったことはないが、毎回、直接電話で指示があったらしい」

「代役じゃなくて？」

南条不二子は別の男に代役をさせていた。そのせいで、ロンたちは当初〈ドール〉を男性だと誤認していた。

「女の声だったと言っていたから、〈ドール〉本人だろうな。トベは〈アルファ〉の存在も知っていた。一度、〈アルファ〉の指示でエンジニアを探したけどそっちはうまくいかなかったらしい」

マツはピッチャーからコップに水をそそいだ。

「これはトベの感想だけど。組織のトップは実質〈アルファ〉じゃないか、って」

「指示役の二人の間で、力関係の差があるってことか？」

「根拠は二つある。一つは、〈ドール〉の発言に、時おり〈アルファ〉からの指示が含まれていたこと。人数とか動き方とか、細かいところまで〈アルファ〉がチェックしていたらしい。もう一つは、組織が強盗事件からサイバー犯罪にシフトしていること。強盗のほうは主に〈ドール〉が、サイバー犯罪は〈アルファ〉が指示出ししてたらしいからな」

トベの話には一理あった。二人ともトップではあるが、主導権を握っているのは〈アルファ〉と見てよさそうだ。

「〈ドール〉の居場所は？」

「まったくわからない。前は寿《ことぶき》にいた、って聞いてトベもびっくりしてた」

警察の調べによって、〈ドール〉の旧アジトが寿町《ことぶきちょう》にあったことはわかっている。寿は、中華街から目と鼻の先の距離である。指示出しは電話やメールで事足りるのだから、同じ神奈川県内に拠点を構えるメリットはなさそうだ。

「じゃ、南条不二子の居所を突き止める、って意味では空振りか」

「そうでもないぞ」

意味ありげに、マツが片頬で笑った。再びメモを漁り、「これこれ」と一枚の紙を抜き取る。

「どうも、南条不二子の秘書をやっている男がいるらしい」

トベが〈ドール〉から強盗の計画を伝達される時、何度か彼女の秘書を名乗る男から連絡が来たという。本人が多忙で手が離せないとかで、その秘書から代理で用件を伝えられることもあったらしい。

「たぶん南条は、人目を避けてどこかのマンションに引きこもってるんだろう、ってトベは言っていた。けど人間、腹は減るし、日用品だって買わなきゃいけない。そういう外部との接触を一手に担っているのが、秘書なんじゃないか、って」

「でも、その秘書の身元が割れてないと……」

「割れてるんだよ、それが」

マツは一枚のメモを人差し指で叩いた。ロンは「嘘だろ」と目を剝く。

「なんでリクルーターが知ってるんだよ」

「トベは〈ドール〉とは会っていないが、秘書とは一度だけ会っている。トベの方から要求したんだよ。会わないともう紹介はできない、って」

「なんで？」

「〈ドール〉の弱みを握るため」

リクルーターのトベは、自分がいつ捕まってもおかしくないことを自覚していた。そして捕まれば、〈ドール〉から切り捨てられるのは目に見えている。トベは弱みを握ることで、いざという時に道連れにすることを選んだ。ロンには理解しがたいが、それがトベなりの「反抗」なのかもしれない。

「秘書とはホテルのラウンジで会ったそうだが、その後、トベは秘書を尾行した。撒かれそうになったが、半日尾けて秘書の自宅を割り出した」

「じゃあ、秘書は……」

「完璧《かんぺき》に身元が割れてる」

ぞくり、と寒気が走った。その人物が秘書だという情報が正しいなら、尾行すればじきに〈ドール〉の居場所が判明するだろう。

「そんな大事なことわかってんなら、すぐ言えよ！」

「昨日聞いたんだって。警察に話したのも昨日らしい。それまでは、もったいぶって話してなかったんだと。どういう神経してんだか」

マツはあからさまに呆れてみせた。どうやらトベという男は、大物ぶるのが好きらしい。

「じゃ、警察の内偵がついてる可能性は高いな」

今頃、神奈川県警は行動確認のため秘書の自宅前で張っているだろう。もしかすると、すでに〈ドール〉の居場所も明らかになっているかもしれない。

「その、秘書の名前は？」

「アンザイジョー」

マツは別のメモを引っ張り出し、指さした。そこには力強い筆跡で、〈安斉丈《あんざいじょう》〉と走り書きされていた。

5

付き合いはじめてから、孝四郎が父親に引け目を感じていることがわかった。二人でいる時も、よく父親の話をした。

「親父《おやじ》はすごいよ」

それが彼の口癖だった。

孝四郎の祖父が創業した「翠玉楼」を中華街の名店に育てたのは、父親の良三郎だという。四川《しせん》風の麻婆豆腐《マーボーどうふ》で人気をつかみ、高級中華のブランドを確立した、偉大なる父親。

「俺《おれ》はただの料理人だから。親父に比べたら、全然」

そう語る時、孝四郎は決まって力ない笑みを浮かべた。私がどんなに励ましても、自信が持てないようだった。

――出来が悪い子どもなんで。

二度目に「翠玉楼」を訪れた時、孝四郎はそう言っていた。

でも私に言わせれば、孝四郎のほうがよっぽど料理人に向いている。どんなお客様でも平等にもてなそうとする優しさがあったし、料理人としての腕を磨き、創意工夫する向上心もあった。

そんな孝四郎を愛していたし、結婚することに迷いはなかった。付き合いはじめて一年が経《た》った頃《ころ》、孝四郎がプロポーズをしてくれた。たぶんあの夜が、私の人生で最高の瞬間だったと思う。

結婚することは、故郷の母には伝えなかった。というより、連絡することなど思い付きすらしなかった。

私だって、結婚への覚悟がなかったわけじゃない。

一応、結婚前に「外に部屋を借りて通いで働くのはムリなの？」と訊《き》いてみたけど、彼は力なく首を横に振るだけだった。

「翠玉楼のチーフコックだからね」

孝四郎はそう言っていたけど、小柳良三郎の息子だから、というのが本当の理由だったように思う。

とにかく、ある程度は不愉快なことがあっても我慢しようと決めていた。孝四郎は、私にとって生まれて初めての心を許せる相手だ。孝四郎と夫婦でい続けるためなら、なんだって耐えられると思っていた。

だが、私はとんだ勘違いをしていた。何事にも限度というものはあるのだ。

義父とは、初対面の時から合わないと思った。閉店後の「翠玉楼」で挨拶《あいさつ》した時、義父は「こんな息子と結婚してくれるなら、どんな人でも歓迎だ」と言いつつ、こう続けた。

「仕事、続けるつもりなのか？」

「……はい？」

「経理の仕事もいいけど、どうせやるならうちの経理を任せたいんだよ。経営全般は俺がやってるんだけど、一人じゃ手が回らないことも多くてね。手伝ってくれると助かるんだが」

義父は私を息子の妻というより、労働力としてカウントしていた。

孝四郎の母が、数年前に家を出ていったと知ったのもその頃だった。理由は孝四郎にも語らなかったようだが、私にはその気持ちがよくわかった。

私としても、会社を辞めること自体に文句はなかった。面白みのかけらもない職場だったし、会社に執着があったわけでもない。ただ、その理由が「翠玉楼」で働くため、というのが納得できなかった。

結婚して少しの間は、会社での仕事を続けた。もう結婚イコール寿退社という時代でもなかったし、何より、義父への当てつけの意味もあった。顔を合わせるたび、義父は顔をしかめた。

「いつになったら店手伝ってくれるんだ?」

当時の「翠玉楼」は繁盛していたから、身内に手を貸してほしい、という気持ちはわかる。でも、強制するのは違うんじゃないか。私に代わって、孝四郎が義父から叱《しか》られているのも知っていた。

それでも結局会社を辞めたのは、結婚から半年もしないうちに妊娠したからだ。会社から出産後の早期復帰を求められたため、こっちから辞めてやった。そこまでして必死に働くつもりはなかった。

孝四郎は、こちらが驚くほど喜んでくれた。

「ふーちゃん、ありがとう!」

妊娠を告げた日は何度もそう繰り返し、飲みなれないビールを飲んでいた。あの人は下戸のくせに、とびきり機嫌がいい日にはビールを飲む習慣があった。私にはわからないけど、義父が晩酌をたしなむのが羨《うらや》ましいらしく、「たまにはカッコつけたいから」と言っていた。

義父も妊娠は喜んでいたが、しきりに性別を気にするのはうんざりした。跡取りとなる男児を望んでいるのは明らかで、そういうところも辟易《へきえき》した。男でなければ跡は継げないという考えが古臭すぎるし、そもそも孫に家業を継がせようとしているのも気に入らなかった。お腹《なか》の子どもが男だとわかると、義父は「そうかそうか」とあからさまに安堵《あんど》していた。

月齢が進み、臨月を迎えた頃だった。三人そろった夕食の席で、義父がいきなり一枚の紙きれを差し出してきた。

紙には「龍五《りゅうご》」と書かれていた。理解が追い付かなかった。

「あの、お義父《とう》さん。名前って……」

「名前、考えておいた」

「お腹の子の名前」

それで説明は十分、と言わんばかりの表情だった。思わず孝四郎と顔を見合わせる。

「親父。名前は俺たちで考えてるから」

私と孝四郎は、すでに名前の候補をいくつか考えていた。だが、そんなことは義父にとってどうでもいいようだった。

「でも、いい名前だろ？」

「そうかもしれないけど」

「これ以上にいい案があるのか？」

「まだ考えているところだから……」

義父と孝四郎が言い合っている間も、二の腕の鳥肌は収まらなかった。

解説されるまでもなく、その名前にこめられた意味は読み取ることができた。良三郎。

孝四郎。龍五。三、四ときたら五。私のお腹のなかにいる子どもは、生まれる前から「翠

「翠玉楼」の跡継ぎとなることを決められようとしている。この子の人生は、この子のものなのに。

ひとまずその場は、孝四郎が「考えてみるから」という一言で押し切り、命名は保留されることになった。二人きりになってから、孝四郎が暗い目でこちらを見た。

「どう思う？」

「あり得ない」

名前自体が悪いんじゃない。義父が、私たちの子どもの運命を決定しようとしていることが気に入らなかった。

息子は予定日を一日過ぎて産まれた。陣痛から十時間後、分娩室《ぶんべん》で泣き叫ぶ息子を抱いた私は驚いた。

なんの感動もなかったからだ。

焦りで一杯だった。おかしい。こんなはずじゃない。この子は愛する孝四郎との間に産まれた息子であり、一目見れば瞬時に愛着が湧《わ》くはずだった。なのに、小さな顔をくしゃくしゃにして泣くわが子を見ても、ちっとも愛《いと》おしいと思えなかった。「よかったですね」としきりに呼びかけてくる助産師を、うっとうしく感じた。

数日の入院を経て、私は息子と二人で家に帰った。孝四郎は迎えに来たがっていたが、

どうしても店を離れることができなかった。もちろん、出産立ち合いなんて望むべくもなかった。

帰宅すると、孝四郎が厨房から飛び出してきた。

「おかえり。ごめん、何もできなくて」

息子の顔を覗《のぞ》きこんだ孝四郎の顔が、ぱっと明るくなった。それだけで、この子を産んでよかった、と思った。

続いて来たのは、義父だった。義父は息子の顔を見て破顔した。

「おお、やっと龍五の顔を拝めた」

――ああ。

落胆で、わが子を取り落としそうになった。この人にとって、孫の名前は決まったも同然なんだ。孝四郎や私が難色を示しても、そんなのは関係ない、どうとでもなると思っているんだ。

これは、息子の命名だけの問題ではない。義父はこれまでずっと、そうやって生きてきたのだ。孝四郎の人生を支配し、優秀な料理人になるしかないと思わせてきた。そうやって自尊感情を奪ってきた。孝四郎の母が逃げ出したのも当然だった。どうせこの人は、妻にもそうやって接してきたのだ。

経営者としては腕がいいし、悪人ではないのだと思う。でも、悪意がないからこそ、私は絶望した。

日中、孝四郎は厨房から離れられないため、出生届は私が提出することになった。近くの店のおばさんに息子の世話を頼んで、産後のしんどい身体《からだ》を引きずり、病院でもらった出生届を持って家を出た。

出発する直前、孝四郎を捕まえて少しだけ話した。

「名前、龍五でいいの？」

孝四郎はくたびれた表情でうなずいた。

役所に到着して、記入用の台に出生届を広げた。息子の氏名欄だけは、いまだに空欄だった。私は備え付けのボールペンで、「龍」の字を書いた。それから「五」と書くため、一画目の横線を引いた。

その瞬間、目の端から雫《しずく》がこぼれた。ぽたぽたと涙が落ち、出生届を濡《ぬ》らした。

――悔しい。

私たち家族はこれから数十年、義父の決めた通りに生きることになる。せっかく故郷から逃げ出してきたのに。ここが私のユートピアだと思ったのに。息子の名前すら、自由に決めさせてもらえない。

「どうかされましたか？」

はっ、と振り向くと、職員が心配そうな顔でこちらを見ていた。「大丈夫です」と答え、出生届をつかんで戸籍窓口へ向かった。番号札を取ったが、並んでいる人はおらずすぐに呼ばれた。

窓口担当の職員は、私の出生届を見て眉《まゆ》をひそめた。

「えーっと……龍一、さんですか？」

息子の氏名欄には「龍」の字と、その隣に一本の横線が記されていた。「五」の字を書きかけのまま提出してしまったのだが、たしかに「龍一」と読める。

「はい、そうです」

とっさに答えていた。職員に指示された通り、ふりがなを書いて提出した。「小柳龍一」の出生届は、あっけなく受理された。

家への帰り道、不安はなかった。開き直っていたから。なりゆきとはいえ、私は自分の意思で義父の指示に背いた。もう怖いものなどなかった。怒るなら、怒ればいい。

帰宅して、面倒を見てくれたおばさんから息子を受け取る。私の腕のなかで、息子は顔をこすっていた。

「あんたの名前は、龍一」

私の呼びかけに応じるように、ふにゃ、と龍一は答えた。

産後しばらくは、さすがに義父も遠慮していたのか、私に小言めいたことは言わなかった。命名の件はずいぶん揉《も》めたが、出してしまったものはどうしようもない、ということで諦《あきら》めさせた。

私が出産したことを聞きつけた中華街のおばさんたちが、率先して家事や育児を手伝ってくれたのも助かった。ただ、それも後になって義父の手配だとわかった。龍一は私の子というより、「中華街の子ども」であり、同時に「未来の翠玉楼の跡取り」であった。

問題は、出産から半年が経っても、一年が経っても、龍一への愛情が芽生えないことだった。

抱きしめたり、一緒に眠ったり、ご飯の世話をしたりすれば、おのずと愛おしくなるだろうと思っていた。だが龍一が二歳の誕生日を迎える頃には、それはきわめて楽観的な予想だったと認めるしかなくなった。

孝四郎は、彼なりに愛情を注いでいた。忙しい仕事の合間を縫って、龍一と遊んだり、近所へ出かけたりしていた。その光景を見ることで、私は必死に自分を肯定した。仮に私が龍一を愛せなくても、孝四郎がこんなに喜んでくれているのだから、産んだことは正解だったのだ、と。

危険なのは、二人きりでいる時だった。

日中は、龍一と二人でいる時間がほとんどだった。子どもは一日中機嫌がいいわけではない。二歳ともなれば、かんしゃくを起こして物を投げたり、理由もわからないまま泣き叫んだりすることもあった。

意思疎通のできない子どもと一日を過ごすのは、思っていた以上のストレスだった。買い物帰りに地べたで暴れたり、食べ物を床に捨てたりする龍一を見ていると、胸の奥にむかむかとした感情が湧き上がった。たかがその程度で、と他人は思うかもしれない。けど当時の私の世界には、ほとんど龍一しかいなかった。何日も、何週間も、何か月もそんな生活が続けば、心を病むのは当然だ。

一度、龍一がスーパーで勝手にお菓子を持ちだしたまま帰宅したことがあった。家でそれに気付いた私が「バカ！」と叫ぶと、龍一は泣き叫んだ。その姿を見て、何かが切れた。右手を振り上げ、降り下ろす寸前で孝四郎のことが頭をよぎった。跡が残れば、手を上げたことが孝四郎にバレるかもしれない。孝四郎に嫌われる、という危惧《きぐ》がギリギリで私の手を止めた。

ただ、いつまでも我慢できるとは思えなかった。

――このままじゃ、この子に暴力を振るう。

龍一が三歳になる年、近くの保育園に入園させた。「翠玉楼」で働くため、という名目だったが、実際は龍一を遠ざけるためだった。少しでも一緒にいる時間を減らさないと、いつ叩《たた》いてしまうかわからない。

だが、義父は私の行動を額面通りに受け取った。ついに働く気になったか、と喜び勇んで私に書類仕事をやらせようとした。やんわり断ると、義父は見るからに不機嫌になった。

「なんだ。仕事するために保育園に預けたんじゃないのか?」

「そうですけど……」

「難しいことじゃない。わからなければ教えるから」

渋々、与えられた雑務をこなした。だがじきに、仕事をしていると具合が悪くなった。「翠玉楼」に取り込まれることを、心身が拒絶しているようだった。

少しくらいは働けばいいのに、と頭の片隅では思う。しかしダメなのだ。義父に人生を支配される、と思った途端、動けなくなる。

私は義父の目につかないよう、当てもなく外を出歩くようになった。

ふらふらと街を歩いている最中、自然と目についたのはパチンコ店だった。母が無心で時を過ごしていた場所。騒音やタバコの臭い、ちかちかと点滅するパチンコ台の盤面が蘇《よみがえ》った。

気が付けば、店内に足を踏み入れていた。

昼前の店内には、あまり客が入っていなかった。作法がわからずまごついていると、ワイシャツを着た店員が遊び方を教えてくれた。ためしに千円だけ使ってみることにした。お金を儲《もう》けようと思ったわけじゃない。あの時、母が虚《うつ》ろな目で何を見ていたのか知りたかった。

打ちはじめると、銀玉が盤上を躍りはじめた。ちゃらちゃらと音を立て、左右に揺れながら、大量の玉が順繰りに下へ落ちていく。玉を目で追っているだけで、あっという間に時間は溶けていった。

いつの間にか、千円は尽きていた。

導かれるようにもう千円、追加する。また何事もなく終わるのだろうと思っていたら、銀玉の一つが中央の穴に吸いこまれ、デジタル画面にアニメのキャラが登場した。何か話しているが、店内がうるさすぎてよく聞こえない。ひとしきり演出が終わると、盤の下部に玉が吐き出された。

当たった、らしい。

そこから夕方までは、すぐだった。私は昼食もとらずにパチンコを打ち続けた。ふと時計を見ると、お迎えの時間になっていた。慌てて店を出る。その日はマイナス三千円だった。

次の日も、その次の日も、パチンコ店に通った。行くあてのない私を受け入れてくれるのに、鼓膜が破れるかと思うほどうるさい店内だけだった。

結局、私は母と同じことをしていた。子どもに愛着が持てず、そんな自分を直視するのが嫌でパチンコに逃げた。今になればわかるが、母もそうする以外に方法がなかったのだろうと思う。

もし、母がパチンコに通っていなければ、子どもだった私は殴り飛ばされていたのかもしれない。

龍一が五歳の頃、一度だけ手を上げた。

その朝、龍一はいつまで経っても登園せずだだをこねていた。私はただ、黙って龍一を見ていた。機嫌を取ったり、優しく語りかける意欲は湧かなかった。いいかげん、家を出なければいけない時刻が迫っていた。

「龍一」と呼んでも、息子はまだ泣いていた。

「あんたがすんなり行かないのが悪いんだからね」

頭が真っ白になり、思いきり頬《ほお》をひっぱたいていた。龍一はさらに泣いた。しばし自分の手を見つめた。

――とうとう、やっちゃった。

今まで必死で我慢してきたのに。気の緩みを突いたかのように、するりと衝動が表に出てしまった。

いつまでも泣き止まない龍一を抱きしめてみた。腕や胸を通じて、息子の体温が伝わってくる。しかしやはり、愛しているとは思えなかった。

＊

涼花《すずか》は「洋洋飯店」のテーブルにべったりとうつ伏せになっている。ランチタイムを過ぎた店内は、半分ほどの客の入りだった。

「ねえ、さすがに暑すぎない？」

隣に座るチップは、我関せず、といった風情でスマホをいじっている。涼花の向かいの席のロンは、水を飲みながら「まあな」と応じる。

「今日は三十五度まで上がるらしい」

「もー、ほんとに勘弁して」

「俺が子どもの頃より、確実に暑いな」

「はい、出た。『俺が子どもの頃より』。これ、おじさんワードね」

「言うだろ、それは。事実なんだから」

「事実だとしても、そんなこと知らないから。こっちとしてはどうでもいい」

ロンとは四歳しか違わないはずだが、涼花と話しているとひどく年を食った気がしてくる。自分としては年長の従兄《いとこ》のような気分なのだが、涼花にしてみれば親戚《しんせき》のおじさんのほうが近いのかもしれない。

涼花と会うのは三か月ぶりだった。久しぶりに、涼花のほうから「二人で遊びに行っていい？」と連絡が来たのだ。

高校生の頃はたびたび中華街へ遊びに来ていた彼女だが、大学生になってからはキャンパスライフで忙しいのか、頻度は半年に一度くらいになった。

上体を起こした涼花が、テーブルに肘《ひじ》をついた。

「ヒナさん、忙しそうだね」

横浜市立大学の医学部看護学科に通う彼女は、同じタイミングで受験をしたこともあり、ロンよりもヒナと仲がいい。

「サークルの代表で、しかも法人化するらしい」

「聞いた。すごいよね。同じ大学二年生とは思えないんだけど」

「ヒナは賢いからな」

「賢い、の一言で済ませちゃダメでしょ……」

呆《あき》れた涼花の前に、エビチリ定食が運ばれてきた。チップは天津飯《てんしんはん》、ロンは餃子《ギョーザ》定食だった。マツの母が「大盛りにしといたから」と言い残して、厨房へ去っていく。

「ロンさん、これ終わったら仕事？」

「事務所に戻る」

「餃子なんか食べていいの？　クライアントと会うことあるんじゃないの？」

言われてから、夕方に一件来客があることを思い出した。だが、頼んでしまったものはしょうがない。それに、依頼者は清田を訪ねてくるのだ。自分は別にいいだろう、とロンは餃子を口に放《ほう》りこんだ。

「そっちはどうなんだよ、最近」

「その訊き方もおじさんっぽいよ」

涼花は目下、夏休みの真っ最中だった。母親とはあいかわらず折り合いが悪く、実家にはあまり寄りついていないという。代わりに、高校から付き合っているチップの家に寝泊まりしているという。

「チップはそれでいいのか？」

「……去年から一人暮らししてるし、別に」

チップこと佐藤智夫《さとうともお》は、高校生の頃からｅスポーツプレイヤーとして活躍している。高校を卒業してからはプロゲーマー専業となり、ＦＰＳ（ファーストパーソン・シューティング）の大会に出場したり、プレイの模様を配信したりしている。若くして、ネットでは「ＦＰＳの神」と称されていた。

「また、優勝して賞金で派手におごってくれよ」

「いいよ。今度ね」

チップはさらりと答える。

三か月前、ロンたちはチップから中華街の高級店に招待された。アメリカで開かれたFPSの大会で優勝したチップは、その賞金を元手に、ロンたちへの恩返しのために食事会を開いたのだ。ロンも店主とは顔なじみだったが、フリーターに支払えるような料金ではないため、客として食事をしたことは一度もなかった。

「で、涼花は？　バイト三昧《ざんまい》か？」

「まあね。今はダイニングバーと家庭教師の掛け持ち。ウケるでしょ、私が家庭教師なんて。高校ではとんでもないバカだったのに」

「努力の結果だろ。俺は別に、最初からバカだなんて思ってない」

ロンが答えると、涼花はきょとんとした顔をした。それからチップの顔を見て、にやりと笑った。

「そういうとこ、あるよね」

「何が？　またおじさんっぽかったか？」

「悪い意味じゃないよ」

それからは、食事をしながらもっぱら涼花の近況を聞いた。後期からはじまる地域看護学の実習が不安だとか、家庭教師で教えている子どもが言うことを聞かないとか、そんな内容だった。

ロンは相槌《あいづち》を打ちながら、涼花に出会った時のことを思い出していた。四年前、横浜駅西口――〈ヨコ西〉周辺で出会った涼花は、高校からドロップアウトする寸前だった。その彼女が立ち直り、今では大学生としての生活を満喫している。ロンの胸に、ひとりでに感慨が湧き起こってきた。

食事が済んだところで、ロンはふいに清田との会話を思い出した。「なあ」と声をかけると、涼花とチップがロンを見た。

「横浜市歌って、歌える？」

「わーが日の本は島国よー」

二人の声が重なった。それを聞いたロンはうなずく。

「歌えるよな、やっぱり」

「え？　何がしたかったの？」

「いいや、確認だけ」

涼花は冷えた茶を飲んで、「変なの」とつぶやいた。

ロンはひそかに、横浜市歌を歌えるのが自分だけでなくてよかった、と安堵していた。清田が驚いていたため、もしかしたら珍しいことなのかと思っていた。が、少なくとも目の前の二人は歌える。

「ロンさんは何してるの、最近。ヒナさんもマツさんも相手してくれなくて、寂しいんじゃない？」

「まあ、ぼちぼち働いてる」

南条不二子のことは、涼花やチップには伏せていた。話せば自分たちも協力すると言い出すに違いないが、二人は巻きこみたくなかった。平穏な生活をかき乱したくないし、無駄な心配もかけたくない。

涼花とチップは食事の後、中華街の食べ歩きをするらしい。「洋洋飯店」の前で、ロンは二人を見送った。

「じゃ、ロンさんまたね」

「また来いよ」

「はいはーい」

涼花は軽やかに手を振り、チップはこちらに一礼した。二人の背中が雑踏に呑《の》みこまれるまで、ロンはその場にたたずんでいた。


平日の午前中。ロンが電車を降りたのは、ある私鉄沿線の駅だった。〈ドール〉の秘書、安斉丈の住むマンションは、この駅から徒歩十五分の場所にある。

駅周辺には喫茶店やコンビニがある程度で、寂れた雰囲気だった。そうと知らなければ、繁華街からも距離があるこの場所に、半グレ組織の幹部が暮らしているとは思わないだろう。

ハットをかぶったロンは地図アプリを見ることもなく、路地を進む。安斉の自宅までの道のりは、とっくに頭に入っている。

頭上から鋭い日差しが照りつけていた。途中のコンビニで涼みつつ、サンドイッチや緑茶を調達する。

目当てのマンションは、児童公園の向かい側に立っていた。レンガ色の外壁はほとんど劣化もなく、建って十年と経っていないだろう。ロンはいつものように、公園の隅にあるベンチに陣取った。ここからであれば、マンションのエントランスを出入りする人々の顔がよく見える。都合のいいことに、炎天下の公園には誰《だれ》一人いなかった。

ここで安斉の監視をはじめて、二週間が経つ。事務所の仕事もそれなりに忙しいが、合間を縫って、短時間でも一日に一度は足を運ぶようにしていた。今日は午後からの出勤だから、昼前まではこのベンチにいるつもりだ。

じっと座っているだけで、汗が噴き出してくる。こまめに水分を摂りながら、ひたすら耐える。サウナに入っている気分だった。暑すぎるせいか、セミの鳴き声すら控えめに聞こえる。

ロンはスマホで、もう何度見たかわからない安斉の似顔絵を再確認した。強面《こわもて》の男が、正面からこちらを見つめている。似顔絵はトベの証言をもとに制作した。トベが言うには、安斉は長身の男性で年齢は三十代くらい。面長で目は細く、唇は薄い。短髪で右耳にピアスをしていたという。

似顔絵を描いたのは、デザイナーの伊能優理香《いのうゆりか》だった。彼女には、かつて別件でも似顔絵を制作してもらったことがあった。ロンが依頼すると、優理香はその場で快諾してくれた。

——私も、小柳くんに人生を変えてもらった一人ですから。

完成した似顔絵はトベにも見せ、安斉本人と似ていることを確認している。今のところ、それらしき人物には遭遇できていない。ただ、簡単に会えないことはロンも覚悟のうえである。何週間かかろうが、安斉の姿を認めるまではここに通い続けるつもりだった。

十一時を過ぎた頃、スマホが震動した。凪からの電話だった。

「はいよ」

「お疲れ。今何してる？」

「……ぼーっとしてる」

エントランスから誰かが出てきた。慌てて視線をそちらに向けるが、出てきたのは女性だった。「しっかりしなよ」という凪の声が聞こえる。

「おう。なんか用？」

「例のエメラルドのネックレス。モノは特定できたよ」

「マジか」

「大変だったんだからね」

凪が言うには、まず知り合いの古着店経営者に頼んで、アクセサリーに詳しいバイヤーを紹介してもらったらしい。しかしそのバイヤーには見当がつかなかったらしく、そこから派生して、さらに何人かの専門家に聞いて回った。結果、アンティークジュエリーを扱う古物商が、ようやくネックレスの出所を特定したという。

「意匠から、アメリカのジュエラーが六〇年代に販売していたネックレスなのは間違いないだろう、って。詳しいことはメールで送るから見ておいて」

「六〇年代？　そんな古いのか？」

「相当な希少価値がついているみたい。その人もジュエリー業界で三十年以上働いているけど、カタログでしか見たことないんだって」

「ってことは、普通に店で手に入るもんじゃないよな」

凪は「そう」と力をこめた。

「日本ではほとんど流通していない。つまり、誰がいつ売ったかを突き止められれば、南条不二子に近づける。古物商の人がたまたま私たちの音楽を聴いてくれてて、おかげですごく協力的でね。その人が言うには、シリアルナンバーが……」

凪は販売ルートを特定するための作戦を、電話口でとうとうと語りはじめた。だが途中で、ロンの意識は別のものに奪われる。凪の話はぱたりと耳に入ってこなくなった。

マンションのエントランスから、似顔絵の男が出てきたのだ。

——安斉丈。

「ねえ、ロン。聞いてる?」

「後でかけ直す」

返事を聞く前にスマホをタップして、通話を切った。すぐにベンチから立ち上がり、見失わないうちに男を追う。

安斉は白い半袖《はんそで》のシャツに黒のズボンという服装だった。髪型は地味な短髪。右耳にはトベが言っていた通り、ピアスが光っていた。遊び人風ではあるが、一見するとごく普通の通行人にしか見えない。歩道を歩く安斉の、五メートルほど後ろからロンはついていく。

安斉はまっすぐ駅へと向かっていた。ロンはスマホを見ているふりをしながら後を追う。

安斉が横断歩道の赤信号で立ち止まった。ロンは自販機の前で止まり、飲み物を選ぶふりをする。

「ロン」

背後から声がした。ぎょっとして振り返ると、鳥の巣頭のスーツの男がいた。眠たげな目と視線が合う。

「欽ちゃん!」

「静かにしろ」

「何してんの、こんなところで」

「こっちのセリフだよ」

欽ちゃんは小銭を入れて、スポーツドリンクを買った。「飲め」とロンに手渡す。

「行動確認中にお前が現れたからびっくりした」

「ここ、東京だよね？」

「安斉を追ってるのは神奈川県警だ。〈ドール〉の強盗事件が多発しているのは県内だからな。今、この辺一帯は県警だらけだぞ」

ロンは思わず、辺りを見渡す。言われてみると、通りの向こうを歩いているおじさんも、道端に立ってスマホで話している女性も、妙に眼光が鋭い気がする。そうこうしているうち信号が青に変わり、安斉が歩き出した。

「行くぞ」

「一緒に行っていいの？」

「帰れ、って言ってもどうせ聞かないだろうが。だったらついてこい」

「意外と怒らないんだね」

「捜査中だからな。説教は後だ」

しばらく、二人は黙って猛暑のなかを歩いた。欽ちゃんが買ってくれたスポーツドリンクは、駅に到着するまでに空になった。

改札を通り、ホームに立った安斉は、スマホを見ながら電車を待っている。ロンと欽ちゃんは、ホームに降りる階段の途中で立ち止まった。階段の両側にある壁のおかげで、安斉からは死角になっている。

「警察はもう、〈ドール〉の居所をつかんでるの？」

顔の汗を拭《ふ》きながら、ロンは声をひそめて尋ねる。

「……まだだ」

「えっ、警察でも？」

欽ちゃんは苦り切った顔で安斉の背中を見つめている。

「安斉のことは、かなり前から知ってたんじゃないの」

「もちろん。ただ、今日まで一度も〈ドール〉のもとに足を運んでいない。外出しても、新宿で飲んだり、渋谷で買い物したりするだけだ」

「意外と普通に生活してるんだね」

「おそらく、〈ドール〉もそう頻繁に会っているわけではないんだろう」

仕事の連絡は電話やメッセージで事足りる。そもそも〈ドール〉と対面する機会自体が、そう多くないようだ。電車が来るのを待つ間、欽ちゃんはそんなことを語った。

「それに、あいつもどうせ闇《やみ》バイト上がりだ。他の実行役よりは使えるのかもしれんが、さほど機転が利くとは思えない。〈ドール〉だって心から信頼しているわけじゃないんだろう」

「なら、今日も空振りかもなぁ」

「まあな。とはいえ、〈ドール〉はロボットじゃない。アジトを出るタイミングが、必ず来る」

ホームに車両が滑りこんできた。安斉が乗ったのを確認してから、ロンたちは隣の車両に乗りこみ、窓越しに安斉を確認できる位置に陣取る。ロンは先ほど凪から聞いたエメラルドのネックレスについて話そうか迷ったが、やめておいた。まだあの話は途中だったし、欽ちゃんから説教されるネタを増やしたくもない。

途中の駅で乗り換えた安斉は、新宿で降車した。ロンたちもそれに続く。安斉はホームを離れ、商業施設のなかをさまよう。まるで、あえて人混みのなかに紛れようとしているようだった。

「変だな」

隣で欽ちゃんがつぶやいた。

「あいつ、どこに向かっているんだ？」

「迷ってるだけじゃないの」

「にしては足取りに躊躇《ちゅうちょ》がない」

欽ちゃんは安斉から視線を外すことなく、時おり誰かとスマホで連絡を取っていた。相手は同じく行動確認をしている警察官だろう。ロンは会話を盗み聞きしようとしたが、周囲のざわめきもあって聞き取れなかった。

新宿で降りてから、三十分近くが経とうとする頃だった。安斉は百貨店の地下食品売り場をぶらぶらしていた。惣菜《そうざい》店のブースを曲がり、一瞬人混みに消える。

直後、安斉の姿が見えなくなっていた。

「あれっ?」

「やりやがった」

欽ちゃんは駆け出すと同時にスマホを耳にあてた。ロンも後に続く。撒かれたことは直感的にわかった。欽ちゃんはスマホに向かって何かをまくしたてている。声には怒りと焦りがこめられていた。

ロンはとっさに周囲を見回す。ほんの一瞬、二十メートルほど離れた製菓店の柱の陰に、ピアスをした男の横顔が消えていくのが見えた。

「あそこ!」

ロンが指さした方向を、欽ちゃんが鬼の形相でにらみつける。すぐさま人混みをかき分け、通路を進もうとする。だが、雑踏が邪魔でなかなか進めない。白シャツの背中が、開け放された扉の向こうへ消えようとしていた。ロンたちと安斉の距離は、ざっと三十メートル。いちいち人をかき分けていたら、絶対に間に合わない。

——やるしかない。

覚悟は一瞬で決まった。

ロンは思いきり息を吸いこみ、できる限りの大声で叫ぶ。

「爆弾だ！」

その場にいた人間が、一斉に振り向いた。ロンは背負っていたリュックサックを下ろし、

「これが」と指さす。

「爆弾！　爆弾が通るぞ！　避《よ》けろ！」

ずっと前、マツと爆弾を持って中華街を走り回ったことがある。あの時は、中華街に仕掛けられた爆弾を実際に持っていた。「爆弾だ」と叫ぶロンたちに、通行人たちはさっと道を空けた。その時のことを思い出したのだ。

ロンの迫真の表情が功を奏したのか、周囲からは悲鳴が上がった。聖人が海を割るかのように、人混みが左右に割れた。これで通路を直進できる。

「バカ！　やめろ！」

欽ちゃんから、思いきり後頭部を殴られた。

「むちゃくちゃな嘘《うそ》つくな！」

「話してる場合じゃない」

ロンは安斉が消えた方向へと駆け出した。その間も利用客たちは「爆弾だって」「テ

ロ？」などと話し合っている。欽ちゃんは少しだけ迷ったようだが、その場に留《とど》まることを選んだ。

「落ち着いてください。あいつの勘違いです。爆弾なんてありませんから！」

周囲の人々に説明する欽ちゃんの声を背中で聞きながら、ロンは疾走する。

百貨店を出て少し走ると、地上への階段を上る安斉の後ろ姿を発見した。食らいつくように、ロンは駆ける。

地上に出た安斉は、駅から走って十分ほどの場所にあるパーキングへ飛びこんだ。黒のセダンの運転席に滑りこむ。ロンはすかさず手を上げ、すぐそばを通っていたタクシーを止めた。後部座席に転がりこむ。

「どちらまで？」

呑気《のんき》に訊いてきたドライバーは、無精ひげを生やした中年の男だった。

「あの車、追ってください」

「は？」

「あの黒い車！　早く！」

ちょうど、安斉のセダンがパーキングから出てきた。

「えっ、何、探偵さん？　厄介事は困るんだけど」

「警察関係者」

「えっ、警察？」

　ドライバーはまだ半信半疑のようだったが、警察手帳の提示も求めずアクセルを踏んだ。内心で、警察官が友達にいるという意味では警察関係者だ、と強引に自分を納得させる。タクシーが急発進し、身体が背もたれに押しつけられる。ドライバーが「メーターは回すからね！」と叫んだ。

　間に二台挟んで、タクシーは黒いセダンを追う。安斉の運転は、取り立てて急いでいるようには見えなかった。スピードを出し過ぎることもなく、周囲の車に溶けこむように路上を滑る。

　ロンの懐でスマホが震えた。欽ちゃんからの電話だ。受話ボタンをタップした瞬間、怒鳴り声が飛びこんでくる。

「お前、ふざけんなよ！」

「ごめんって。でも、ああするしかなかったんだよ」

「場を収めるのがどれだけ大変だったか……今、どこだ？」

　ロンは安斉が黒いセダンに乗っていること、それをタクシーで追っていることを説明した。セダンのナンバーも伝える。

「安斉はどこに向かってるんだ？」

「わからない。なんか見えるけど、あれ、なんだろ？」

「明治神宮外苑《めいじじんぐうがいえん》。今、外苑西《にし》通りを走ってる」

話を聞いていたドライバーが教えてくれた。そのまま欽ちゃんに伝える。

「そうか。また連絡する」

通話が終わると、ドライバーがぼそりと言った。

「お客さん、本当に警察なんだね」

「……まあ、関係者ね」

四十分ほど走ったところで、タクシーは多摩川《たまがわ》を越え、川崎市内に入った。再び欽ちゃんに電話で伝えると「よし」と返ってきた。県警としては、都内よりも神奈川県内のほうが動きやすいのかもしれない。

「しかしなんで、安斉は神奈川まで来たんだ？　あいつにとっては、自分から敵地に飛びこむようなもんだろ」

「俺に訊かれても」

左に折れたセダンは、海へ向かって走る。

「あの車、何がしたいんだろうね？」

ドライバーがバックミラー越しに顔をしかめた。最初は迷惑そうだったが、いつからか追跡に乗り気になっている。

「この辺、工場しかないけどね。企業の関係者でもない限り、用はないと思うけど」

ドライバーが言う通り、幅の広い道路の両側には工場用地と思しきだだっ広い土地が続いている。

工場群のただなかを進んでいたセダンは、突然、路地に入った。

「どうする？　入るかい？」

顔を動かして、ドライバーが振り返った。追えば向こうに気付かれるが平気か、という確認だった。

「行ってください」

ドライバーはうなずき、車を路地に滑りこませた。安斉のセダンは狭い路地を進み、何度か角を折れる。距離を取っているおかげか、警戒する気配はない。

ふいに、セダンが停《と》まった。

ドライバーは一つ手前の角で、タクシーを停めた。メーターに表示された料金は一万円を超えている。

「支払いは？」

「神奈川県警加賀町警察署の、岩清水《いわしみず》欽太で」

「え？　そういう感じ？」

ロンは欽ちゃんの電話番号を告げ、「そこにかけてくれればいいんで」とタクシーを降りた。角に身を隠し、様子をうかがう。辺りには通行人一人いない。

セダンが停まったのは、自動車一台がやっと通れる程度の路地だった。道の片側には工事中のフェンスがそびえ、その逆側には古びた五階建ての建物がぽつんと建っていた。運転席から降りてきた安斉は、迷わず建物へ入っていく。ロンは身を隠しつつ、後を追う。

敷地の出入口には太い門柱が建っていた。古い鉄の看板には、知らない企業名の横に〈社員寮〉と添えられている。昔は寮として使われていた物件のようだ。

外見は古いが、エントランスの内装は綺麗《きれい》だった。安斉はカードキーをリーダーにかざし、自動ドアをくぐる。ロンは安斉がエレベーターに乗りこむのを見送った。階数表示が〈3〉で止まったのを確認して、エレベーター横の階段を一気に駆け上がる。

三階の外廊下に着いたロンが左右を見渡すと、ちょうど、安斉が301号室のドアを開けるところだった。ドアが閉まってから、部屋の前に立つ。心臓の音がやけにうるさいのは、全力で走ったせいではない。喉《のど》がからからに渇いている。

――ここに、南条不二子が。

まだそうと決まったわけじゃない。安斉は別件でここを訪れただけかもしれない。だが、ロンの胸は期待感で一杯だった。震える指を、ドアノブに伸ばす。あと少し。ほんの数メートルの距離に、母がいる。

ドアノブをつかむ数ミリ手前で、ロンの手が止まった。

普通に考えれば、施錠されているに違いない。蹴破《けやぶ》れるほどもろいドアでもない。インターホンを鳴らしても、素直に出てくるはずがない。

「落ち着け」

言葉にしながら、ロンはシャツで手の汗を拭《ぬぐ》った。いきなりドアを開けようとするなんて、どうかしている。

その瞬間、スマホに電話がかかってきた。誰がかけてきたのか、確認するまでもない。ロンは急いで階段へ引き返す。

「もしもし」

「どこにいる」

欽ちゃんの声音は、有無を言わせない迫力があった。

一瞬、ごまかそうかと思った。だがタクシーのドライバーに訊けば、すぐにわかってしまう。観念したロンは、ここに至るまでの道のりを告げた。

「よし。マンションから出て、外で待ってろ」

「でも」

「そこにいて何ができる?」

そう言われると沈黙するしかなかった。実際、ロンには部屋の前で立っていることしかできない。未練で重たい足を引きずり、階段を下りる。

敷地の外に出て、手前の角で待っていると、十五分としないうちにミニバンがやってきた。欽ちゃんが助手席に座り、運転席には別の若い男がいた。眠たげな目をした欽ちゃんとは違って、目つきが鋭利だ。おそらく彼も刑事だろう。

「お疲れさん」

ミニバンから出てきた欽ちゃんは、ロンの肩を叩いた。

「もう帰れ。タクシー代出してやるから」

「そりゃないでしょ」

真夏の路上で、二人は睨《にら》み合った。近くの工場からサイレンが聞こえる。

「この場所を突き止めたのは俺だよ」

「わかってる。だがここからは警察の仕事だ」

「ちょっと……」

反論を口にしかけたロンの前に、若い刑事が立った。

「お引き取りください」

「はあ？」

「危険なので、お引き取りください」

穏やかな声の裏には、研がれた刃《やいば》が見え隠れしていた。幼馴染みの欽ちゃんと違って、彼には容赦する気配がない。

「そういうことだ」

欽ちゃんが言うと、若い刑事はロンの背中を押した。よろけたが、どうにか踏みとどまる。振り返ると、二人の刑事はもうロンのほうを見ていなかった。

――用なしか。

自分が警察の捜査に邪魔なのはわかる。危険な目に遭わないように、という配慮も嘘ではないのだろう。ロンは再度振り返り、マンションの外観を網膜に焼きつけてからその場を離れた。

しばらく歩いたところで寒気を覚えた。全身にかいた汗が、今になって冷えてきたせいだった。

「派手にやったみたいだね」

本厚木駅前のファストフード店で、蒼太が勢いよくシェイクを吸いこんだ。「なんのことだよ」とロンが言うと、にやりと笑った。

「トクリュウのメンバーを尾行したんでしょ？　爆弾があるって嘘ついたり、タクシーで追跡したり」

「……なんで蒼太が知ってるんだよ」

ロンの隣のヒナが「ごめん」と言う。

「わたしが話しちゃった。この間、カフェで欽ちゃんと会って」

蒼太が「いやいや」とすかさずフォローする。

「菊地さんのせいじゃなくて、小柳さんのやり方がエグすぎるんです。マルウェア送るのは躊躇するくせに、爆弾だー、って嘘つくのは平気だなんておかしいんだよなぁ。やっぱり頭のネジが外れてるんですよ」

ここぞとばかりに、蒼太はロンをこけにする。

あの後、欽ちゃんからはひどく叱られた。安斉の追跡に成功したから一時間の説教で済んだが、何の成果も得られていなかったら、ぺしゃんこになるまで怒られていたかもしれない。

「前から言おうと思ってたけど、ヒナには敬語使ってるよな」

「だから？」

蒼太が小憎らしい笑みをうかべて、首をかしげる。

「ちょっとはかわいげを身につけろよ。世渡りには愛想も大事だぞ」

「小柳さんもたいがい、大人を舐《な》めてるでしょ」

ヒナが「まあまあ」と間に入る。

「今日は、蒼太くんから大事な話があるから」

ヒナから連絡があったのは昨日のことだった。前回のオンライン打ち合わせの後も、ヒナと蒼太は連絡を取り合い、フィッシング詐欺の線から〈ドール〉に迫れないか検討していたらしい。集まったのは、その進捗《しんちょく》を共有するためである。

「今日はオンラインじゃないんだな」

「蒼太くんが、込み入った話だからリアルで会うほうがいいって」

横目で蒼太を見やると、ヒナの端整な横顔に見とれているところだった。

——どうせ、ヒナに会いたいだけだろ。

「そんで、大事な話って？」

シェイクを飲み干した蒼太が「順番に話す」と切り出す。

「前回提案した、フィッシングサイトのサーバーを運用している会社にマルウェアを送ってやり方だけど。小柳さんからはいつまで経っても連絡が来ないし、菊地さんには反対されちゃったから、実質的にはナシ。そこで菊地さんと話して、別の手を考えた」

蒼太は持参したノートパソコンを開いて、ネット通販のサイトを表示した。

「これは本物そっくりだけど、〈ドール〉たちが用意した偽サイト」

「いつ見てもよくできてんな」

「そう。よくできてるんだよ。手練《てだ》れのエンジニアとはいえ、ここまで精巧なサイトは一朝一夕じゃ用意できない。じゃあ、誰が作っているか？　実は、ダークウェブなんかでは〈フィッシング詐欺用キット〉が販売されているんだよ」

「キット？」と言ったロンの声が裏返った。さっそく意味がわからない。

「かみくだいて言えば、誰でも簡単にフィッシング詐欺ができるツール、かな。必要事項をちょちょっと入力すればあら不思議、あっという間に偽サイトの完成。Amazon でもApple でも、有名どころならなんでもござれ。本物そっくりのサイトを提供するので、どうぞ詐欺にお役立てください……アンダーグラウンドな業界では、そういうサービスがあるんだよ」

「つまり、犯罪者向けの商売ってことか？」

「そういうこと。たいていの場合、サーバーなんかのインフラも一緒に提供される」

蒼太いわく、〈ドール〉たちが作った偽サイトも、ある〈フィッシング詐欺用キット〉を使って作成されたことが確認できたという。

はあ、と言ったきり、ロンは二の句が継げなかった。呆れるしかない。

「とんでもないやつがいるんだな」

「でしょ？　だから、そのとんでもないやつを特定してやろうと思って」

「え？」

ロンには発言の意味が呑みこめなかった。

「〈フィッシング詐欺用キット〉を販売している悪人たちを特定して、そいつらから顧客情報を奪う。そうすれば、〈ドール〉の組織に接近できるでしょ？　相手が犯罪者なら、連中の身元を明かすことはホワイトハッカーの仕事になる。菊地さんもその方向で納得してくれた」

　ヒナが「一応ね」と付け加える。

「でも、そんなことできるのか？」

　普通に考えて、キットを販売している側がやすやすと自分たちの身元をさらすとは思えない。だが蒼太の表情は自信に満ちていた。

「なんのために、今日ここに呼んだと思ってるの？」

　——まさか。

　蒼太はシェイクの容器を除《よ》けて、キーボードを叩きはじめた。

「細かい説明は省くけど、ホストサーバーのＩＰアドレスからドメインを追跡すると、あるGitHubのアカウントに行き着いた」

　発言の八割は理解できなかったが、ロンは黙って聞いた。ヒナが「GitHubっていうのは、たくさんの人が使ってるソフト開発のプラットフォームね」と補足してくれたが、その補足の意味もわからない。

「ま、とにかくあるエンジニアが関係していることがわかった、ってこと。ちなみにアメリカ人だったんだけど」

「そのエンジニアが、キットを販売してたのか？」

「開発に携わったのは間違いない。だからそいつに連絡を取って、キットの販売ルートをたどった。インターポールにタレこむぞ、って脅してね。まあ、どっちみち後で情報提供するんだけど」

「ひどいな」

「何人かの仲介者を経由して、日本に流れ込んでいることもわかった。その結果、ＩＰアドレスなんかの情報から、〈ドール〉の組織で動いているであろうエンジニアがほぼ特定できた」

蒼太がノートパソコンをロンに向けた。インスタグラムの画面が映っている。三十歳前後の眼鏡をかけた男性が、こちらに向けて親指を立てている写真だった。アカウント名は〈島田《しまだ》祐希《ゆうき》〉。

「GitHub のアカウントを持ってるだけじゃなく、ＳＮＳまでやってる。しかも実名で。ちょっと呑気すぎるね」

呆れた顔つきで、蒼太がポテトをつまんだ。

「このことは、ヒナは？」

「もちろん聞いてる」

意味ありげにヒナがうなずいた。

「身元が特定できただけでも十分だけど、もう一歩、踏み込んで情報を取れないか試してみた。闇バイトのリクルーターのペルソナを作って、こっちの組織に来ないか、って島田さんを誘ってみた」

ヒナにとっては、ＳＮＳアカウントを通じた接触は朝飯前だ。

「高額な報酬を提示すると、案の定、食いついてきた。面接と称して電話で話したんだけど……あ、ボイスチェンジャーで声は変えてね。それとなく向こうの組織のことを訊いてみたら、ベラベラしゃべってくれたよ」

「なんて？」

「島田さんはもともとフリーのエンジニアとして働いていたけど、金融系の仕事をしている時によくない筋の人と知り合って、誘われたみたい。仕事がなかったこともあって、ヤバいと思いながらも手伝い続けて、今はそっちの世界にどっぷり」

「〈ドール〉のことは？」

「あまり知らなかった。話したこともないみたい」

ヒナは「ただ」と続ける。

「〈アルファ〉から話を聞いたことはある、って」

「そっちとは話したことがあるんだな」

ロンは身を乗り出す。〈アルファ〉はもう一人の指示役だ。

「基本はメッセージのやり取りだけど、何度か電話したことがあるって。最初に話したのは二年くらい前で、その頃はまだフィッシング詐欺を本格化してなかったみたいだけど……島田さんが言うには、〈アルファ〉にとって〈ドール〉は対等な相手というより、手《て》駒《ごま》に近いみたい」

ロンは「手駒ね」とつぶやく。なんとなく予想していたが、やはり上下の関係があるようだ。

「ロンちゃんも言ってたけど、〈ドール〉の名前自体は何年も前から使われている。ただ、その名が示す人物が、時期によって変わっているらしい」

島田の話では、〈ドール〉は昨年の春頃に今の人物——つまり南条不二子へ交代したのではないか、という見立てだった。前任の〈ドール〉に関する情報は一切ないが、強盗事件に手を染めるまでは特殊詐欺が主だったという。

「前の〈ドール〉はどうなったんだ?」

「島田さんいわく、だけど……亡くなったんじゃないかって。〈アルファ〉が、いなくなったから補充しないと、って言ってたみたい」

「……」

蒼太は湿った空気をいやがるように、「補充って」と鼻で笑った。

「自動販売機のジュースじゃないんだから」

「〈アルファ〉にとっては、それくらいの扱いなのかもね」

そう語るヒナの表情は、険しかった。

「ねえ、ロンちゃん。可能性の話なんだけど。〈ドール〉が不二子さんだとしたら、〈アルファ〉に都合よく利用されてるんじゃないの？」

「利用されてる？」

「もともと、〈ドール〉の名前自体は別の人が使っていたんでしょ。その人がいなくなったから、不二子さんは後釜《あとがま》として使われてるだけ、ってこともあるんじゃないかな。だとしたら、同情の余地も……」

「ヒナ」

ロンの声は、自分でも驚くほど冷たかった。

「南条不二子は、〈ドール〉になる前から犯罪者だ。地面師詐欺で億単位の金を騙《だま》し取った詐欺師で、関連して亡くなった人だっている。同情の余地はない」

「そうかもしれないけど、不二子さんが根っからの悪人だとは、どうしても思えなくて」

「悪人だろ」

ヒナの目が怯《ひる》んだ。ロンは「正直に言う」と答える。

「俺だって、欽ちゃんみたいに生まれついての極悪人だとは思っていない。俺らが知らない事情もあっただろうし、成り行きで今のポジションに収まっているのかもしれない。それは本人から聞かないとわからない」

「だったら……」

「でも、だとしても、悪人であることは間違いないんだよ。事情があることと、同情することは別だろ。南条不二子は俺の実の母親だけど、だからって甘いこと言うつもりはない。あいつは俺を、翠玉楼を捨てたんだよ。そんなやつに同情しろって言われて、俺が同意すると思うか?」

つい語調が強くなった。ヒナはまだ何か言いたげだったが、口をつぐむ。代わりに蒼太が「ちょっと小柳さん」と口を挟んだ。

「菊地さんを悲しませたら、黙ってないからね」

「蒼太も〈ドール〉に同情しろとか言い出すのか?」

「なんとも言えないよ。僕はそっちの事情、知らないから。ただ、いい年した大人なら言い方ってもんがあるんじゃないの?」

ロンは無言でうつむいた。小学生の意見のほうがよほど大人びている。蒼太は大人たちを前に、「とにかく」と切り出す。

「〈アルファ〉の手下の身元は割れた。居所は、割り出そうと思えばそんなに時間をかけずに特定できると思う。でも、こいつを捕まえたところでしょうがない。そういう理解でいいよね?」

「そうだな」

「だとしたら、島田経由で〈アルファ〉までたどり着けないか、試してみたい」

ブルーの服に身を包んだ蒼太は、あいかわらず自信に満ちていた。

「〈ドール〉じゃなくて？」

「当初の目的はそこだったよ。でも、フィッシング詐欺に関《かか》わっているのは〈ドール〉ではなく〈アルファ〉だった。〈ドール〉につながっていなかったのは残念だけど、言い換えれば、〈アルファ〉に行き着く重要なカギは見つかった。菊地さんの話だと、そもそも〈ドール〉は〈アルファ〉にいいように使われているかもしれない」

「……まだわかんないけどな」

「そうだと仮定して、だよ。〈アルファ〉を叩けば、〈ドール〉も捕まると思わない？　下を叩いたところでそいつしか捕まえられないけど、頭を叩けば全体を一気にやっつけられる。〈アルファ〉がトクリュウの本当のトップなんだとしたら、そいつを狙《ねら》うことが最短ルートであり、組織を潰《つぶ》すうえでも最善の方法なんじゃないの？」

ロンは腕を組んで、頭のなかで発言を反芻《はんすう》する。

蒼太の言うことには一理あった。島田というエンジニアは、これまで逮捕されてきた強盗の実行役たちに比べれば、〈アルファ〉との距離がきわめて近い。これは、組織を壊滅させるチャンスなのかもしれない。

「でも、そんなこと……」

「やれるのか、って質問はＮＧね？　愚問だから」

蒼太は片頬《かたほお》をゆがめて、おそらくあえてだろう、憎らしい笑みを浮かべた。

ロンには想像もつかないが、〈アルファ〉の特定がラクな仕事でないことくらいはわかる。それでも彼は自分から提案した。それがヒナのためだけではないこともわかった。どうしても素直になれないのが、久間蒼太という人間なのかもしれない。

「蒼太、お前……」

「シェイク、もう一つ」

空になった容器を掲げて蒼太は言う。

「十二年の人生で培ったスキル、見せてあげるよ」

横目でヒナを見ると、ヒナもまたロンを見ていた。驚きとおかしさと恥ずかしさが混ざった、複雑な顔つきだった。

蒼太はまだロンの半分しか生きていない。だがロンが知るどんな大人よりも、頼りがいがあった。

6

いつもと変わらない冬の一日だった。ただ、私と孝四郎にとっては少しだけ特別な日だった。

半年ほど前から、私たちはひそかに「翠玉楼」からの独立を画策していた。実のところ、結婚した直後から、私は何度も孝四郎に訴えていた。

「このままお義父《とう》さんの言いなりになっていたらダメ。あなたには料理人としての腕があるんだから、看板なんてなくてもやっていける。翠玉楼のことなら、心配しなくてもたくさんのコックがいる。経営はお義父さんが担っているんだから、潰れる心配はない。一日でも早くここを出て、新しいお店を持とう」

孝四郎は長らく首を縦に振らなかったが、龍一が九歳になった年、ようやく同意してくれた。

「俺も、俺の人生を生きていいのかな」

私の提案に同意してくれたことより、孝四郎が自分の人生を歩もうと決めてくれたことが嬉《うれ》しかった。やっぱり私は、心の底から孝四郎が好きだったんだと思う。好きな人が幸せになることこそが、最大の幸福だった。

中華街を離れれば、何もかもうまくいく気がした。私は龍一を愛せるようになり、店の手伝いだってやれるようになる。家族三人で力を合わせて、つつましくてもいい店をやっていける。それは予感というより確信だった。

孝四郎が独立に同意してくれた次の日から、不動産屋巡りをはじめた。出店のための物件を探すためだ。予算は多くないため、できればリフォーム費用があまりかからないところがよかった。孝四郎は物件探しを一任してくれたが、唯一、横浜市内でという条件を出された。

「あんまり離れると、親父が不安がるから」

この期に及んで義父を心配する孝四郎に呆れたが、その優しさこそが孝四郎のいいところでもあった。私はなんとしても独立をかなえるため、不動産屋に通った。一時期毎日のようにやっていたパチンコやスロットは、不思議とやりたくなくなった。夢や目標があると人はがんばれる、というのは本当らしい。

半年かけていくつかの物件を下見したが、条件に当てはまるものはなかなか見つからなかった。焦りが募った頃、不動産屋の担当者から電話がかかってきた。青葉《あおば》区にいい物件が見つかった、という連絡だった。築年数は浅く、駅からも近く、しかもラーメン店の居抜きだという。賃料も手が届く範囲だった。

深夜、仕事終わりの孝四郎に話すと、疲れきった顔に光が灯《とも》った。

「いいね。いつ下見に行くの？」

「明日」

善は急げだ。しかも、翌日は私たちの結婚記念日だった。神様がくれたプレゼントかもしれない、と言ったのは孝四郎だったか私だったか。とにかくその夜は、いつになくワクワクした気分で眠りについた。

翌日、下見に行った物件は私たちの期待通りだった。ただ、さすがにその場でハンコを押すのはためらわれた。孝四郎に相談してからでないと、最終判断はできない。不動産屋の担当者には、絶対にキープしておいてほしい、と言いおいてその日は帰宅した。

夜更けに報告すると、孝四郎は「よかった」と安堵の表情を浮かべた。

「これでダメだったら、未来永劫《えいごう》見つからないかと思った」

「大げさな。契約しちゃっていいかな？」

「一応、俺も下見に行きたい。その時に契約しよう」

話はすぐまとまった。とうとう、独立が実現する。時間をかけて調べてきた甲斐《かい》があった。たとえ義父が反対しようが、私たちは絶対にこの家を出る。新しい生活を、新しい人生をはじめる。

いつものように龍一の寝顔を見ていた孝四郎は、ふいに「乾杯しないか」と言った。

「結婚記念日なのに、それらしいこと何もしてないし」

「いいけど、乾杯って……お酒飲んでいいの？」

孝四郎は義父と違って下戸で、アルコールを一滴も飲めない。

「飲みたい気分なんだよ」

私は冷蔵庫から、自分用に入れていた缶ビールを二本持ち出した。義父はすでに寝ている。二人でダイニングテーブルを挟んで、乾杯をした。口の周りに泡をつけた孝四郎は、「うまい」と言った。

「本当に？」

「今日はうまく感じる。いいことがあった日の酒は、おいしいんだな」

「お酒飲めないくせに」

そんな会話をしながら、深夜のダイニングで私たちはビールを飲んだ。結婚して以来、こんなに楽しいのは初めてだった。缶を半分ほど空にしたところで、孝四郎の顔は真っ赤になった。

「独立かぁ」

孝四郎が、げっぷと一緒につぶやいた。

「不安？」

「いや、ふーちゃんがいてくれるから不安はないけど。龍一のためにも頑張るしかないし。ただ……やっぱり親父が、大丈夫かな、って」

「心配いらないよ、お義父さんなら」

そう言ってみたが、孝四郎の表情は曇ったままだった。

「言いたいのは、経営のこととかじゃなくて……今日までずっと、俺のこと手下みたいなもんだと思ってきただろ。それが急に独立するって言い出したら、どう思うんだろうと思って。クーデターじゃないけど」

「言っちゃ悪いけど、お義父さんの自業自得だよ」

「それはそうだと思う」

孝四郎は同意しつつ「でも」と言った。

「それでも実の父親だから。すぐには割り切れない」

赤を通り越して黒っぽくなりはじめた顔で、孝四郎は缶を握りしめていた。

父親がいたことのない私には、その気持ちがわからなかった。父親が欲しいと思ったこともない。いてくれればよかったのにと思ったこともない。どうして孝四郎がさっさと父親を見限らないのか、不思議でならなかった。

「とりあえず、水飲みなよ」

コップに水をくんで渡すと、孝四郎は「ありがとう」と素直に飲んだ。

「お酒、この辺にしといたら？」

「そうする」

「もう寝ようか」

「ごめん、風呂だけ入ってくる」

私の返事を聞く前に、孝四郎はおぼつかない足取りで浴室へと歩き出した。ちょっと心配だったから、浴室から出てくるまで待つことにした。テレビをつけると、知らないタレントが出ている知らない番組がやっていた。

深夜のテレビはひどく退屈だった。だが、こんな退屈さともうすぐ別れられる。孝四郎と独立すれば、楽しくて、充実した毎日が待っている。きっとそうだ。

見るともなしにテレビを見ているうち、いつの間にか意識を失っていた。目が覚めると、ダイニングテーブルに突っ伏していた。一時間ほど眠ってしまったらしい。

孝四郎が上がってきた気配はなかった。いくらなんでも、入浴時間が長すぎるのではないか。ひょっとすると、孝四郎も寝落ちしてしまったのかもしれない。

浴室に行き、「孝四郎？」とドアをノックした。返事はない。本当に寝ているのかもしれない。しょうがないから、ドアを押し開ける。

「ねえ、大丈夫……」

発した言葉は途中で切れた。

孝四郎は、裸のまま浴槽の底に沈んでいた。水のなかで目を見開いた孝四郎は、真っ白な顔をしていた。本当に驚くと悲鳴も出ないのだと、この時に知った。なぜだか瞬時に悟った。

――私の人生、終わりだ。

孝四郎は、私の人生における唯一の希望だった。その孝四郎が死んだ。希望は跡形もなく消え去った。

気が付けば、夜の表通りへ走り出していた。部屋着のままコートも着ず、サンダルをつっかけて、深夜の中華街を駆けていた。ぱたぱたというサンダルの足音が、人気《ひとけ》のない通りに響いていた。

逃げないと。私一人だけでも、ここから逃げないと。

頭のなかにあるのは、それだけだった。

孝四郎のいない世界に留まり続ける理由なんて、何一つなかった。

それでも結局「翠玉楼」に戻ったのは、母親としての使命感なんかではなく、単に冷静になったからだった。逃げるにも準備がいるということに、夕方になってようやく思い至ったのだ。

龍一のことは視界に入っていなかった。義父からは色々と言われたけど、ほとんど聞き取れなかった。ただ、孝四郎が死んでしまった世界で生き延びるための術を、頭のなかで考えていた。

孝四郎の死後の諸々《もろもろ》が片付き、「翠玉楼」が営業を再開し、龍一が小学校にまた通いはじめた直後、私はひっそり姿を消した。持ち出したのは、孝四郎の保険金が振りこまれる銀行口座の印鑑と通帳、キャッシュカードだった。盗んだつもりはなかった。それは私たちのお金であり、孝四郎がいないのだから私のものだった。龍一を連れていくことは、考えもしなかった。

――ごめん。

家を出る間際、胸のうちで龍一に謝罪した。最後まで、あの子をちゃんと愛することができなかった。孝四郎は父親として龍一を愛していたのに。誰がどう見たって、私は母親失格だった。

そこからの数年は、あまりはっきりと覚えていない。

農家やリゾート施設に住み込みで働きながら、日本各地を転々とした。北海道にいたこともあったし、沖縄にいたこともあった。とにかく、一か所に留まりたくなかった。この世界のどこかには、自分の居場所があると信じたかった。六、七年はそうやって暮らしていたと思う。

でも結局、安住できる場所は見つからなかった。

長年そんな生活をしているうち、いい加減疲れてしまった。いつの間にか、年齢も四十を超えていた。現実問題として、アルバイトに応募しようにも年齢がネックになることが増えた。

そんななか、熊本《くまもと》の工場で期間工として働いていた時に、彼女と知り合った。彼女は年下のシングルマザーだった。同じ寮に住んでいた私たちは、共用の談話室でよく雑談する仲だった。

ある日、彼女が何気ない調子で切り出した。

「地面師、って聞いたことある？」

「ああ、まあ」

ネットの記事か何かで読んだ記憶はあった。

「詐欺師でしょう。不動産屋を装った」

「だいたいそんな感じ。地面師って詐欺師のなかでもスケールが違って、一億とか二億とか、平気で騙し取るの」

遠い世界の話だった。こっちは時給千いくらで働いているんだから、一億二億といわれても凄《すご》すぎてピンとこない。彼女は染色のせいで傷んだ髪をいじりながら、にやにやしていた。

「でね。その地面師の仲間になれる、って言ったらどうする?」

「はあ?」

彼女は「ここだけの話」と声をひそめた。

「知り合いがね、宅建だっけ? の資格持ってる人で。借金で首が回らなくなっちゃって、不動産関係の詐欺しようと考えてるらしいの。で、土地の持ち主の役をやってくれる人、探してるらしくて。報酬くれるっていうから、あたしがやろうと思ったんだけど、お前なんか地主に見えないだろ、って怒られちゃって。見た目もこんなで、年齢も若すぎるし」

私はすっかり、彼女の話に呑みこまれていた。作り話にしては妙にリアルだった。

「でね、もし興味あったらやってみない?」

「……私が?」

「変な意味じゃなくて、こういう職場が似合わない人じゃない? もっと真面目《まじめ》そうっていうか、普通の人に見えるし。なんでこんなこと言ってるかっていうと、口の堅い人紹介してくれたら、私にも報酬半分くれるっていうから。何億はムリだけど、何十万かもらえるみたい。ねえ、どうかな」

私はなかば呆れていた。彼女の話が事実なら、こんな共用の空間で話すべきことじゃない。不用心にもほどがある。知り合って間もない私を、そんな犯罪行為に誘うのも安易すぎる。一言でいえば、彼女はバカだった。

けれど、そのバカさに乗ってもいい、とも思った。どうせ私の人生はもう終わっている。どう言えばいいのかわからないけど、むしろ徹底的にひどい人生にすることが、孝四郎のためになる気もした。中途半端にダメな人生のままじゃなくて、ちゃんと人生を終わらせたい。

それに、表の世界に居場所がないことはもうわかった。どうせなら、これからは裏の世界を巡るのもいいかもしれない。

「いいよ」

突き放すような、冷たい声が出た。

「私やるから。詳しい話、聞かせて」

「ほんとに?」

彼女は企《たくら》みのない、同時に品のない笑みを浮かべた。

最初に関わった詐欺は、今にして思えば大した仕事じゃなかった。地面師、と呼ぶのもおこがましいくらいだった。

宮崎《みやざき》県内の土地を約二千万で不動産仲介業者に売りつけるというもので、地主としての私の出番は一度しかなかった。拍子抜けなくらいだった。それでも、初めての仕事は緊張した。首謀者の男から渡されたのは、二十万円だった。儲けに対して報酬が少なすぎる気はしたけど、実働を考えれば十分だった。

私は次も、その次も地主役として呼ばれた。もともと経理の知識があったおかげもあって、少しずつ詐欺の流れがわかってきた。紹介してくれた彼女は、いつからか職場に来なくなった。三回やって、期間工の給料を受け取ったところで私も熊本の寮から消えた。

寮を出てからは、その男と組んで各地で詐欺を働いた。地主役は現地でスカウトして他人にまかせるようになり、私自身は仲介する不動産業者の役を演じることが多くなった。回を重ねるに従って、担当する仕事の量も増え、同時に取り分も増えた。

相棒だった男は数百万から三千万くらいの、小規模な物件ばかりを狙った。被害額が少なければ、被害者が警察に相談する恐れが低いと踏んだらしい。ただ、嫌な予感はした。カメラが設置されていそうな場所に顔をさらしていたし、書面などの形でなにかと痕跡《こんせき》を残していた。

――私なら、もっとうまくやれる。

その思いは、次第に強くなっていった。別に大金が欲しいとは思わない。ただ、これこそが私の「居場所」になるかもしれない、という予感があった。人は自分にどんな才能があるか、やってみるまでわからないという。私はちっぽけな詐欺を通じて、私自身の才能に気付きはじめていた。

適当なところでその男は見切った。前触れなく姿を消し、遠くへ逃げたのだ。男は翌年、詐欺容疑で捕まった。ニュースは追っていないため、余罪がどれくらい明らかになったのかはわからない。

私はまた、一人になった。手元にはおよそ三百万円があった。その金を元手に、半年ほど福岡《ふくおか》のネットカフェにこもって綿密な計画を立てた。仕事は大きければ大きいほど、やりがいがある。規模の大きい犯罪ほど、私に「居場所」を与えてくれる。

地面師詐欺をするには、特定の土地の所有者を装う必要がある。その土地の選定もひと苦労だった。ただ、何の気なしに私たちが独立して店舗を構えるはずだった場所を見てみると、その近くにうってつけの物件を見つけた。孝四郎が導いてくれたんだ、と確信した。

計画が概《おおむ》ね固まったら、次にやるべきことは仲間探しだった。仲間集めにあたって、私はある条件を設けた。

母親であること。

詐欺師集団なんて、所詮《しょせん》は寄せ集めだ。ちょっとした誘惑に駆られて、簡単に裏切るような仲間では心もとない。自分勝手なメンバーを連帯させる仕組みが、どうしてもほしかった。その条件が、母親であることだった。

母親の苦労は母親にしかわからない。世間に理解されなくても、私たちはお互いの苦労を知っている。そういう身内意識を醸成することで、裏切りを防止できるのではないかと考えた。

だが、犯罪に手を染めてもいいという母親がそう簡単に見つかるとは思えない。仲間集めはすんなりいかないだろうと覚悟していた。しかし意外なことに、地主役も、司法書士も、裏方役も、たいして苦労せずに見つけられた。なんてことはない。追い詰められた母親たちは、日本中にあふれていたのだ。そして私もその一人だった。

——この国では、母親ばかりが損をする。そんなのおかしいと思わない？

これが、仲間を誘う時の殺し文句だった。母親だけの地面師集団は、こうして完成した。予想した通り、母親である、という事実は私たちの間に連帯感を生んだ。特に、裏方の森さんは私をよく慕ってくれた。私が誘っていなければ、子どもと一緒に心中していた、とまで言った。

後は、計画を実行に移すだけだった。

＊

四人は、横浜中華街法律事務所の一角で顔を突き合わせていた。清田は打ち合わせで外出しているため、フロアには四人の他に誰もいない。

「集まってくれてありがとう」

口火を切ったのはロンだった。今日の目的は、四人が互いの持っている情報をすり合わせることである。重要な情報はロンから個別に共有しているが、各々、この一、二週間の進捗もあるようだった。

すでにロンたちは、〈ドール〉こと南条不二子に手が届く場所まで来ている。今がクライマックスであることは、みんな理解していた。

「それで？　誰から話す？」

マツが、張りつめた空気に似つかわしくない軽い調子で言った。手に持っているのは来客用のペットボトルの緑茶だ。清田がいない時は、いつもこうしてマツたちに振る舞っている。

「わたしは最後がいいな。ちょっと込み入った話だから」

そう言ったのは車いすのヒナだった。

「じゃ、私から」

凪が軽く手を上げた。

「〈ドール〉がつけていた、ネックレスの販売ルートだけど。シリアルナンバーがついているから、正規品であれば完璧《かんぺき》ではないけどある程度ルートがたどれるんだって。古物商の人に調べてもらったら、三年前、アンティークジュエリーのショップで売れたもので間違いないみたい」

凪はプリントアウトした書面を見ながら、説明する。

「どこのショップ？」

ロンが尋ねると、凪は「それがね」と顔に困惑をにじませた。

「鎌倉《かまくら》なんだって」

「神奈川県内なんだ」

つぶやいたのは、ヒナだった。

「たしか〈ドール〉の現在の拠点は川崎市内で、その前は寿町だったんでしょ？」

「たぶん、な」

「どうして、強盗の現場に近い神奈川県内にいるんだろう？　指示を出すだけならもっと遠い場所だっていいし、なんなら海外でもいいのに」

それは、ロンもずっと疑問に感じていることだった。凪も同じことを思っていたのか、

「考えたんだけど」と口をとがらせる。

「現場に近いほうが色々やりやすいんじゃない？　下見に行くとか。ちなみに、販売価格は二百九十万円」

マツが「うおっ」と言ったきり、絶句した。

「金あるな」

「……待ってくれ。そのネックレスを売った日、正確にわかるか？」

凪が書面を見ながら答えた日付は、三年前、青葉区で〈マザーズ・ランド〉による詐欺

が行われた直後だった。その事件で彼女たちが騙し取った金額は、一億五千万円。

「四等分しても三千万以上か。そりゃ、三百万のネックレスも買えるわな」

マツが納得したような顔つきでうなずく。一方、ロンは難しい顔で腕を組んでいた。マツが「なんだよ」と水を向ける。

「いや。なんか、引っかかるんだよな」

「どこが」

「普通そんな金の使い方するか？　三千万以上入って、真っ先に三百万近くする高級ネックレスを買うか？　いや、そういう人もいると思うけど、普通は怖くてすぐに使えないっていうか」

宝くじにでも当たったのならともかく、後ろ暗い方法で手に入れた大金を、間髪を容《い》れずに浪費できるものだろうか。ロンは考える。もし自分なら、どこかで足がつくのを恐れて、すぐに大きな買い物はできない。

「大金が手に入って、舞い上がったんじゃないのか？」

「でも、不二子さんってそういうタイプじゃなかったと思う」

口を開いたのはヒナだった。

「不二子さんが中華街にいたのはわたしが小学生の頃だけど、覚えてる。割と地味……って言ったら失礼だけど、お金使うことに興味がある人に見えなかったから。なんとなく、ムリして使った感じがする」

「金をムリして使う理由って?」

「わかんないけど……お金をたくさん持ってるのが怖かったとか。それか、そもそもお金のためじゃなかった、とか?」

ヒナの答えに、マツは「いやいや」と手を振る。

「金が欲しいから詐欺なんかやったんだろ」

「まあ、そうだよね」

あっさり自説を引っこめたヒナだが、ロンの頭のなかでは先ほどの言葉が尾を引いていた。

——そもそもお金のためじゃなかった、とか?

「次、俺いくわ」

凪のターンが終わり、今度はマツが身を乗り出した。

「俺は引き続き、横浜拘置支所にいるトベ——本名は小松だけど——からあれこれ聞き出してる。一応言っておくと、トベはロンが闇バイトに応募した時に仲介したリクルーターな」

マツは依然、ジャーナリストを名乗ってトベのもとへ通っているらしい。〈ドール〉の秘書である安斉丈の身元を暴露したのも、トベだった。

「例の、安斉が車で乗り付けた物件のこと。トベにもぶつけてみた」

「なんか言ってたか？」

「そこが〈ドール〉の居所で間違いないだろう、って」

マツはメモ用紙を見ながら話す。

「人気《ひとけ》がない場所で、元社員寮ってところもいかにもだと言っていた。〈ドール〉は警戒心が強いから、周辺住民に姿を見られるわけにはいかない。その点、企業の工場しかない臨海部はうってつけだ。しかも社員寮の看板を下ろしてないってことは、一般のマンションとしては使われていない。他の部屋も含めて、人目につきたくない連中の隠れ家として用意された建物じゃないか、って話だった」

「なんでトベがそんなこと言えるんだよ」

「あいつがやってたリクルーターの仕事って、人の仲介だけじゃないらしいぞ。逃げ場所を確保したり、金の隠し場所を用意するのも請け負ってたらしい。川崎の臨海部って言っただけで、あー、って言ってた。昔、あの辺の物件を使ったことがあるんじゃないか」

聞けば聞くほど、トベという男の闇の深さを感じる。だが、今はそこを深掘りしている場合ではない。

「それじゃ十中八九、あの建物に〈ドール〉がいるってことだな」

「トベいわく、な。安斉を尾行した時、欽ちゃんもいたんだろ？　だったら警察も把握してるだろうな」

マツの発言の意味は、ロンにもわかった。早く動かなければ警察が先に身柄を拘束してしまうのではないか、と言いたいのだ。仮に〈ドール〉が逮捕されれば、会うことは容易ではなくなる。面会を拒否されたら他に方法はない。加えて、逮捕後には被疑者の口が重くなる、と清田から聞いていた。留置場での面会には警察官が立ち合い、拘置所なら刑務官が立ち会う。裁判で不利になることは口にできないため、口数が少なくなる被疑者もいるらしい。

ロンが南条不二子に会うのは、本当のことを知るためだ。なぜ自分の前から消えたのか、なぜ犯罪に手を染めたのか。警察官や刑務官がいる場所でそれらの質問をしても、本当の答えが返ってくる保証はなかった。

「どうする?」

マツは上目遣いでロンを見ていた。

安斉の尾行から十日近くが経っていた。ひょっとすると、今この瞬間にも警察があの物件に踏み込んでいるかもしれない。想像するだけで、いてもたってもいられない気分になる。

黙りこんだロンの横から、ヒナが「ちょっといいかな」と言う。

「それと関連することがあって、報告したいんだけど」

「頼む」

「エンジニアの島田さん経由で、〈アルファ〉の電話番号がわかった」

ヒナは緊張で顔をこわばらせながら語る。

「彼らは内容を暗号化するメッセージアプリを介してやり取りしているから、第三者が通信内容を覗き見することはできない。サーバーにも記録が残らない。ただ、通話したスマホにはその履歴が残る」

「でも、スマホを入手できないと中身は覗けないだろ？」

「大きな声じゃ言えないけど、デジタル端末を遠隔操作できるマルウェアがあるの」

「物理的に入手してなくても、スマホを見たり、いじったりできるってこと？」

「簡単に言えばね」

とっさに「こえー」とのけぞったのはマツだった。凪が「茶化すな」とマツの肩を小突く。

「それを使ったんだな？」

「蒼太くんがね。言い訳するわけじゃないけど、わたしも聞かされたのは事後だった。それに島田さんは善良な市民ってわけじゃないのは間違いないし……やっちゃったものはしょうがないよね」

ロンとしても、偉そうなことを言える立場ではない。「それで？」とヒナを促す。

「経過は省略するけど、蒼太くんはマルウェアを島田さんのスマホに感染させて、スマホに残った痕跡から、〈アルファ〉のものらしき電話番号を特定した」

ヒナはスマホを起動して、ロンに向けた。液晶画面には十一桁《けた》の数字が表示されている。

「ここに電話をかければ、たぶん〈アルファ〉と話せる」

ロンの胸の鼓動が、にわかに早くなる。

トクリュウの指示役であり、〈ドール〉のさらに上位に位置するとみられる謎《なぞ》の人物。その〈アルファ〉の電話番号が、目の前にある。彼をうまく利用すれば、〈ドール〉との対面の場を設定させることができるかもしれない。

「念のため、言っておくけど」

ヒナはスマホをしまいながら、釘《くぎ》を刺すように言う。

「〈アルファ〉を言いくるめて〈ドール〉との対面を実現しようなんて考えないほうがいい。向こうは犯罪組織のトップなんだから、どんな手を使ってくるかわからない。利用しようと思っても、手玉に取られるだけだよ」

「……わかってる」

「わたしがこの番号のことを教えたのは、警察に任せたほうがいいと思ったから」

顔をしかめたマツが「おいおい」と振り向いた。ヒナは「わかってる」と片手でマツを制する。

「たしかに、不二子さんが逮捕されたら、ロンちゃんとは会わないかもしれない」

「そこまでわかってるのになんで警察に任せるんだよ。俺らはここまで、ロンのために動いてきたんだろ？」

「そうだよ。でもこれは、〈アルファ〉を捕まえる絶好のチャンスなんだよ。〈ドール〉だけじゃなくて、組織を丸ごと壊滅できるかもしれない。そんなチャンスをふいにするべきじゃない。ここから先は警察に任せよう」

　マツは低い声で「ヒナ」とうなった。

「俺ら、ロンの幼馴染みだろ。トクリュウがどうとかよりも、ロンがやりたいようにやらせてやるべきだと思わないか？」

「そんなの、思うに決まってんじゃん！」

　ヒナの絶叫が、事務所にこだました。両目にはうっすらと涙が浮かんでいる。

「わたしだって死ぬほど悩んだよ。でも、これ以上ロンちゃんを危険な目に遭わせたくない。この番号を渡したら、無茶するに決まってる。それこそ幼馴染みなんだからマツもわかるでしょ？」

「そうだけど……」

「わたしたち、きっと感覚が麻痺《まひ》してる。今相手にしてるのは、人の家に押し入って平気で住民を殺そうとするような連中なんだよ。実際、ロンちゃんはすでに一回殺されかけてる。二回目はない。これからも無事でいてくれるなら、ロンちゃんに嫌われたってかまわない！」

ヒナの顔はうっすらと上気していた。見たことのないヒナの迫力を前に、マツも沈黙している。それまで遠慮するかのように黙っていた凪が、「ねえ」と口を開いた。

「ロンの目的は、南条不二子と話すことなんだよね？」

「……ああ」

「それは、今すぐじゃないといけない？」

「どういう意味？」

「南条不二子が逮捕されたら、当面は面会できないかもしれない。本当のことを話してくれるとも限らない。でも時間をかければ、いずれは本音で話してくれるようになるんじゃないかな。だとしたら、確実に捕まえられる方法を選ぶべきだと思う」

「……」

「自分らでやるか、警察に任せるかの二択を考えても不毛だよ。焦る必要はないと、私は思うな」

どうやら、凪はヒナに賛成らしい。マツはまだ納得していないようだが、ロンと目が合うと「任せるわ」と言った。

「すぐに決めて、とは言わない」

ヒナはまっすぐにロンを見ていた。

「でも、決心したらすぐに教えてほしい。欽ちゃんにこの番号を渡せば、悪いようにはしないはず。〈アルファ〉を捕まえられれば、きっと〈ドール〉も連鎖的に逮捕できる。これはロンちゃんのためでもあるけど、隣人たちのためでもあるんだよ」

ふう、と長い息を吐いてから、ロンは「さすがだな」と苦笑した。

「何を言えば、俺を説得できるかよくわかってる」

隣人たちのため。それは、ロンのウィークポイントを確実に突く一言だった。

「幼馴染みだからね」

苦笑につられたのか、ヒナもかすかに笑った。マツが呆れたように笑い、凪が安堵したように笑う。結論は出た。そんな雰囲気だった。

ロンは笑みを消して、ヒナを正面から見る。

「ただ、もう少しだけ考える時間がほしい。待ってくれるか？」

「もちろん」

こくり、とヒナはうなずいた。

なんとなく、話が落着した空気が流れはじめる。マツが「どうなん、最近のグッド・ネイバーズは」と問いかけると、「絶好調」と凪が応じ、「また全国ツアーやるんでしょ？」とヒナが話題に乗っかった。

「トイレ」

雑談に興じる三人は、席を立ったロンを気にも留めなかった。

トイレの個室に入ったロンは、立ったまま壁にもたれかかった。それから、先ほど目にした十一桁の数字を素早くスマホにメモする。数字を覚えるのは苦手だが、死ぬ気で記憶した。付き合いの長いヒナは、ロンには数字の暗記などできないと高をくくっているはずだ。だが、必死でやればなんとかなるものだ。ほんの数秒でも、番号を見せたのはヒナのミスだった。

これで〈アルファ〉の連絡先は手に入った。

――ごめん。

ヒナたちには悪いが、今さら多少の危険を恐れてはいられない。一度やると決めたことは、何があろうとやりとげる。自分がそういう性格であることを、ロンはとうに自覚していた。

危険が伴うことは最初から承知のうえだ。だからこそ、友人たちは巻き込めない。ここから先は一人でやるしかない。

ロンは天井の照明をにらんだ。うつむくと、涙がこぼれてしまいそうだった。

＊

キーボードを打つ音だけが、耳に届いていた。

音楽の類《たぐい》は一切聞かない。仕事の邪魔になるだけで益など一つもない。音楽は人類の最大の発明だ、と言う人間がいるそうだが、よっぽど仕事ができないのだろう。

最も心が落ち着くのは、自室で事業のデータを整理している時間——つまり今だった。数字は雄弁だ。我々の行動の何が正しく、何が間違っていたか、数字はすべてを教えてくれる。私が身を置いているビジネスの世界は、実力がすべてだ。法を破ることが前提なのだから、当然、法は守ってくれない。頼りになるのは己の頭脳だけだ。そして、判断材料は人情やセンスであってはならない。あらゆる判断は、数字に基づいて行われなければ無意味だ。

デスクに置いたタイマーのアラームが鳴った。作業開始から二十五分経過すると鳴るように設定してある。人間の集中力は長時間もたない。二十五分集中し、五分休憩する。これを繰り返すのが、いわゆるポモドーロ・テクニックだ。

休憩している間に新しいコーヒーをドリップし、スマートフォンの電源を入れた。作業中は電源を切るようにしている。

着信が一件あった。知らない番号だ。

反射的に、警戒心が頭をもたげる。この番号を知っているのは、ごく一部の人間だけだ。〈ドール〉の他には、私が直接指示を出している数名のエンジニアしか知らないはずだった。だが、発信元の番号はそのどれにも当てはまらない。

どうすべきか思案していると、スマホが震動した。同じ番号から、またかかってきた。私の番号を知っているということは、誰かが漏らしたか、あるいは本人も知らないうちに情報を抜かれたということだ。私に連絡する強い必要性を感じていなければ、そこまでの行動は取らない。捜査機関ならこんな不用意な形で電話をかけてこないから、相手は素人の可能性が高い。そこまでして私と話したい相手とは、何者なのか。興味が湧いた。

二秒で判断して、受話ボタンをタップした。

「もしもし」

「〈アルファ〉だな?」

相手の声は男だった。ボイスチェンジャーの類は使っていない。声質から察するに若い。二十代くらいか。

「そちらは?」

「……ロン」

ためらうような間を置いて、相手は名乗った。

「ロンか。麻雀《マージャン》が好きなのか？」

「雑談をしたいわけじゃない」

ロンの声には緊張がみなぎっている。額の脂汗まで見えるようだった。

「では、何の用があって？」

「〈ドール〉と会わせてほしい」

アラームが鳴った。五分の休憩時間が終了したようだ。音を止めて、会話を続ける。

「何のために？」

「言う必要はない」

「強気だね。私がその依頼を受けるメリットは？」

「依頼を受けないデメリットならある」

「へえ。聞かせてくれる？」

スマホを持っていないほうの手で、コーヒーのドリップバッグを捨てる。キリマンジャロの香りが立ち上ってきた。

「俺たちは、あんたのプライベートな情報を握っている」

「どの程度？」

「それは言えない。ただ、こうして電話をかけていることがその証拠だ」

なるほど。おそらく虚勢だろうが、電話番号が相手の手に渡っているのは事実だった。

百パーセントハッタリ、とは断じられない。

「依頼を断ったら、この情報を警察に渡す」

「それは大変だ。〈ドール〉ときみの面会をセッティングすれば、警察には流さないってことかい？」

「約束する」

「悪いけど、信じられないな。その条件ではこっちに分が悪すぎる。どっちみち、警察には情報を渡すつもりなんじゃないか？」

ロンはしばし沈黙した。もう手詰まりか。もう少し楽しめると思ったのに。落胆を味わっていると、ロンは「聞こえるか」と言った。どうやら、顔からスマホを離していたらしい。

「聞こえる」

「〈ドール〉に会わせてくれれば、警察には絶対に情報を流さない。そう信じられるだけの条件を追加する」

「ほう。どんな？」

「俺が、あんたらの手下になる」

一瞬、言葉の意味を考えた。理解した途端、笑えてきた。

「こういうことか？　ロンは〈ドール〉と会った後、そのまま私たちの部下になる。我々の組織に加わるわけだから、当然、上司である私に関する情報を警察に渡すはずがない。渡せば自分の不利益になるから。そう言いたいのかい？」

「その通り」

「面白いことを言うね。私は無能な人間を部下にはしない。きみには、私の部下としてふさわしい魅力が備わっているのかい？」

ロンは「ああ」と即答した。

「少なくとも、末端の実行役よりは使えると思う」

たしかに、話している限り無能ではなさそうだ。直接、私に取引を挑む胆力もある。こちらに身を投じる覚悟もありそうだ。だが——

しばし考えるような間を空けてから、「よし」と答えた。

「では、その条件を呑もう」

「〈ドール〉と会わせてくれるんだな？」

「手配する。日時と場所はこちらに任せてほしい。決まり次第、相応の手段で連絡する。これから言うアプリはスマホに入れておいてくれ」

通信内容を暗号化するアプリを、三つ指定した。こうしたアプリはいつ脆弱性《ぜいじゃくせい》が判明するかわからないため、どれが最善の手段であるかは連絡当日にならないと判断できない。

ロンは「わかった」と素直に応じた。

通話を終える前に、一つだけ質問をすることにした。

「ダメ元で訊いてみるけれど、きみと〈ドール〉の関係は？」

「言う必要はない」

「そう答えるしかないよね。ただ、〈ドール〉には息子がいたな、と思ってね。たぶん、きみと同世代だったと思うんだけど」

ロンの答えはなかった。

〈ドール〉こと南条不二子に二十代の息子がいることは、〈マザーズ・ランド〉事件の報道で知っていた。〈ドール〉に強い執着を抱くのは、捜査機関を除けば身内くらいだろうと見当をつけただけだが、案外図星だったのかもしれない。

「では、もういいかな。切るよ」

スマホの画面をタップして、通話を終えた。冷めきらないうちにコーヒーを口に運ぶ。少しだけ気分がなごんだ。

「さて」

その場でスマホを操作し、ある電話番号を呼び出す。こういうことは、先延ばしにすると忘れてしまう。さっさと形にしたほうがいい。コール音を聞きながら、先ほどのロンの発言を思い出す。

——俺が、あんたらの手下になる。

苦しまぎれの発言だろうが、それも悪くないかもしれない。仮に〈ドール〉の息子なのだとしたら、裏切り防止にもなる。彼女にはまだ、多少は利用価値が残っている。

コール音が途切れた。

「はい」

返ってきたのは安斉の声だった。話そうとして、つい口元が緩んでしまう。

「さっき、面白い電話がかかってきたんだけどね」

＊

夕方、家のチャイムが鳴った。

ロンはすかさず部屋から飛び出す。間違っても、良三郎が荷物の中身に興味を持たないように。届く時間帯は、通販サイトで購入する時にあらかじめ指定しておいた。ドアを開けると、案の定、配達員が立っていた。ロンは伝票にサインをして段ボール箱を受け取り、そそくさと自室に戻る。

箱を開けると、手のひらに収まる大きさの黒いボトルが現れた。

催涙スプレーである。

一見すると化粧品のようだが、通販サイトの商品説明によれば、中身は唐辛子成分らしい。ワンプッシュで二、三メートル離れた場所まで届くらしく、直接当たらなくとも、近くにいるだけで咳《せき》が止まらなくなるという触れ込みだった。確認する気にはなれないが、サイトに載っていた購入者の評判は悪くなかった。

このスプレー一本で、どこまで護身できるかはわからない。それでも、持っていないよりはマシだろう。

スマホを確認すると、ちょうど通販サイトからメールが届いていた。商品の注文状況を確認せよ、という内容である。URLをタップしてみると、通販サイトのトップページへ飛んだ。よくわからないが、こうして商品が届いているのだから問題はないはずだ。

催涙スプレーはリュックサックに忍ばせた。当日はいつでも取り出せるよう、ジーンズのバックポケットに入れていく。

ベッドに腰かけ、ぼんやりと部屋を見渡す。

——あと一日か。

明日の午後、ロンは〈ドール〉と会う。

〈アルファ〉から連絡が来たのは、一昨日だった。指定されたアプリを経由してかかってきた電話で、〈アルファ〉は前回と変わらない、落ち着いた声音で語った。

——三日後の十五時、これから言う場所に来てくれるか。

ロンは通話しながら、スマホのメモ機能で記録した。住所を聞いて驚いた。

指定されたのは、横浜市中区《なか》本牧《ほんもく》の埠頭《ふとう》にある旧倉庫だった。ロンの自宅から歩いて一時間ほどの場所にある。きっと神奈川県外を指定されるだろうと思っていただけに、ロンは疑念を捨てきれなかった。これは何らかの罠《わな》ではないのか。

——本当に、横浜市内でいいのか？

——〈ドール〉の希望だ。

〈アルファ〉いわく、本牧を集合場所とすることには彼も反対したらしい。神奈川県警の管轄下で会うのは危険すぎる、と。だが〈ドール〉は譲らなかった。下手は打たないから一任してほしい、と押し切ったという。

——当日私は行かないけれど、ちゃんと約束は守ってくれ。では。

唐突に、通話は終わった。「約束」を思い出したロンの顔に、憂鬱《ゆううつ》さが滲《にじ》んだ。前回の〈アルファ〉との通話で、〈ドール〉と会わせてくれれば自分が手下になる、と言ってしまった。

とっさの発言だった。悔いはある。だが、一度口にしたことは撤回できない。自分は決めたのだ。どんな手を使っても〈ドール〉に会う。そうしなければ、人生を前に進めることができない。

友人たちは悲しみ、ロンを見損なうだろう。これまで築いてきた信頼もすべて失うことになる。それどころか、今後は犯罪者として追われる立場になる。

たった一度、〈ドール〉と会うためにそこまでするのは異常だ。そう主張する自分がいる一方で、どうなったっていいだろ、と思う自分もいる。フリーターになろうが犯罪組織に加わろうが、どっちにしろ、端《はな》から大した価値のない人生だ。だったら、やりたいようにやらせてもらう。

ただ、〈ドール〉と会う前に決着をつけておきたいことがあった。

部屋を出たロンは、夕食の支度をしてから、自室にいる良三郎を呼んだ。

「じいさん。晩飯できた」

強盗事件があってからというもの、良三郎は部屋にこもりがちになった。室内にいる時は必ずドアを施錠しているため、日中はロンもほとんど姿を見ない。たまに杖《つえ》をついて外出しているが、以前ほど活発に出歩かなくなった。ロンには、身体的な事情というよりも心の問題のように思えた。

カギを開け、良三郎がドアの向こうから顔を見せる。

「今日はなんだ？」

「麻婆豆腐」

「またか」

「いいだろ、別に」

「俺は人生で何百回、麻婆豆腐食えばいいいんだよ」

ぶつくさ言いながら、良三郎は廊下に出てきた。もし転倒してもすぐ支えられるよう、ロンはさりげなく横に立つ。以前、腕をつかんで歩行を助けようとしたら、「一人で歩ける！」とものすごい剣幕で怒られたことがあった。

ダイニングテーブルに向かい合って座り、食事をはじめる。麻婆豆腐と白飯、ワカメのスープというメニューだった。うまいともまずいとも言わず、良三郎は黙々と箸《はし》やスプーンを動かす。最近、良三郎は食事を残すことが多い。

「じいさんは知らないかもしれないけど」

皿のなかの麻婆豆腐が半分ほど減った頃、ロンが言った。

「麻婆豆腐は、オヤジが唯一、俺に教えてくれた料理なんだよ」

「……そうか」

「だから俺の作る麻婆豆腐、いつも辛くないだろ？」

孝四郎が麻婆豆腐の作り方を教えてくれたのは、亡くなる二、三か月前だった。その日は空調の修理か何かで、珍しく店が休みだった。夕方、部屋でだらだらしていた九歳のロンは、孝四郎に呼ばれてキッチンへ向かった。

——麻婆豆腐作るから、手伝ってくれ。

父から料理の手伝いを頼まれるのは初めてだった。面倒くさかったが、結局、好奇心が勝った。

最初に命じられたのは、木綿豆腐を手でちぎることだった。三丁の豆腐を黙々とちぎり、ボウルに入れていく。それが終わると、今度はコンロに火をつけて、フライパンを熱した。サラダ油を注ぎ、チューブ入りのショウガとニンニクを加えた。香りがついたら、ひき肉を投入し、醬油《しょうゆ》と甜麵醬《テンメンジャン》で味をつける。

ロンは菜箸でひき肉を混ぜながら、父に訊いた。

――店で出すやつも、こうやって作ってるの？

――いや。店の厨房ではもっと色々やってる。豆腐は下茹《したゆ》でしてるし、香味野菜は自分で刻んでる。でも今作ってるのは、家用だろ。自分たちで食べるんだから、店の味でなくても、簡単に作れることが大事だ。

ひき肉に火が通ったら、ちぎった豆腐をそのままフライパンに入れる。ロンは父の指示で、片栗粉《かたくりこ》を水で溶いた。豆腐に火が通ったタイミングで片栗粉を少しずつ加える。全体にとろみがつき、ぐつぐつと音が立つ。完成だ。大人向けは唐辛子を入れるんだけどな、と孝四郎は付け加えた。

――いいか。お前が料理人を目指すなら、一から料理を勉強しないといけない。こんないい加減な調理では許されない。でも、自分のためならこれで十分なんだ。

孝四郎は、湯気の立つ麻婆豆腐を大皿に盛った。

――メシを食うってことは、人が生きるうえで絶対に必要な行為だ。どんな道に進んだとしても、必ずメシは食う。別に立派な料理が作れなくてもいい。けど、自分や家族の空腹を満たすくらいのことはできるようになっておけ。

　その日の夕食で食べた麻婆豆腐は、今までにないほどおいしかった。ロンは大皿のほとんどを平らげ、良三郎に呆れられた。

「……どうしてかわからないけど、あの時のことが忘れられないんだよ」

　ロンは食事の手を止め、虚空を見つめた。

「オヤジは、料理人になれ、って一度も俺に言わなかった。自分と家族が生きていける程度のメシさえ作れればいい。それが、オヤジからのメッセージだったんだと思う」

「甘かったんだ、孝四郎は」

　良三郎は、断罪するような口ぶりだった。

「不二子さんに対してもそうだった。自分の妻なのに本音を言えなくて、ずいぶん苦しんでいた」

「それは……じいさんの見立てか？」

「事実だ。あいつは俺にも不二子さんにも、はっきりと意見を主張しなかった。昔から優しい性格だったからな。だが、それがアダになった」

「アダ？」

「つけこまれたんだよ、あの女に」

まだ白飯は残っていたが、良三郎は箸を置いた。

「不二子さんと付き合いはじめてから、孝四郎はおかしくなった。独立云々《うんぬん》なんて話も、一人では実行しなかったはずだ。あの女が吹き込んだんだ」

「やっぱり恨んでるか？」

「恨んでるに決まってるだろ。あんな目に遭わされたんだから」

良三郎は、圧迫骨折した腰椎《ようつい》のあたりを指さした。

「そうじゃなくて。強盗に入られる前は、どうだった？」

「恨んでなかった、とは言えない」

良三郎は鼻を鳴らした。

いよいよだな、とロンは判断した。コップの水を飲み、呼吸を整える。

テーブルを挟んで、祖父の顔を正面から見据える。

「提案なんだけど」

「南条不二子と、和解できないか？」

「……意味がわからん」

良三郎は怪訝《けげん》そうに眉をひそめ、頬を掻《か》いた。険悪な空気を無視してロンは続ける。

「あの人が犯罪者になったのは、金が欲しかったからじゃなくて、居場所がなかったからじゃないのか？　罪を犯す、そのことでしか自分という存在を認められなかったからじゃないか？」

先日の話し合いでヒナが発した一言が、いまだにロンの脳内にこびりついていた。

――そもそもお金のためじゃなかった、とか？

南条不二子は一度目の地面師詐欺で大金を手にした途端、約三百万円のネックレスを購入し、欠かさず身につけている。これはロンの想像だが、もしかすると、彼女は自戒のためにエメラルドのネックレスを買ったのではないか。

もはや、犯罪者として生きていく他に居場所はない。そう自分自身に言い聞かせるために。

良三郎は鼻の頭に皺《しわ》を寄せた。

「あの女に同情はできない」

「同情しろ、なんて言ってない。俺だって許しているわけじゃない。でもオヤジが死んだことで、翠玉楼に居場所がなくなったのは事実なんじゃないか。それが犯罪行為の引き金だとしたら、じいさんと和解しない限り、南条不二子は罪を犯し続ける。もし捕まったとしても、出所したら同じことだ」

良三郎は黙って腕を組んだ。答えはない。

「じいさん。すぐに打ち解けろとは言わない。でも、もし俺が南条不二子を引っ張り出すことに成功したら、その時はちゃんと向き合ってくれないか？」

「不二子さんは、お前を捨てたんだぞ」

氷のように冷たい声だった。

「いくらしんどかったからといっても、息子を置いて逃げるなんて母親失格だ。俺には受け入れられない」

「じいさんに、そんなこと言う権利あるのかよ」

良三郎の目の色が変わった。だが、ロンは怯まない。

「じいさんはオヤジを縛り続けた。本人の意思と無関係に、翠玉楼を継がせることを押し付けた。オヤジの優しさを、甘さだと切り捨てた。子どものほうを向いていないって意味じゃ、じいさんも南条不二子も同じだろ」

荒い鼻息が聞こえた。良三郎は、必死に怒りを鎮めようとしているようだった。

「……お前をこの歳《とし》まで育てたのは、誰だと思ってる？」

「じいさんには死ぬほど感謝してる。じいさんが俺を育ててくれなかったら、今の俺はない。けど、それとこれとは別だ。俺にしてくれたみたいに、南条不二子とも正面から話し合ってみろよ」

「ムリだ」

そのひと言が、ロンの胸の奥に眠っていた期待を粉々に砕いた。

「あの女が孝四郎を殺した。俺は今でも、そう思ってる」

諦めが、ロンの心を静かに浸していった。これ以上あがいても何の意味もない。良三郎が南条不二子と対話する日は、絶対に来ない。

良三郎は無言で席を立った。黙ってその背中を見送る。

なぜだかロンは、キッチンに立つ孝四郎の後ろ姿を思い出していた。

7

地面師詐欺が成功する確率は、半分以下と見ていた。

所詮は素人の寄せ集めだし、そう簡単にうまくいくはずがないと思っていた。だが、青葉区を舞台にした一件目の詐欺は、見事に成功した。一億五千万円が私たちの手元に転がりこんできた。

メンバーは大興奮だったが、私はどこか冷めていた。

――こんなに簡単に、うまくいってしまうのか。

不思議と、そんな感想が浮かんだ。計画を立てたのは私なのに。

満足している仲間たちを叱咤《しった》して、続けざまに次の計画を立てた。今度は港北《こうほく》ニュータウンを狙った。そこもやはり、出店の候補地からほど近い場所にある。

――なんで、横浜市内ばかり狙うんですか？

会議中、森さんからそう質問されたことがある。土地勘があるから。そう答えようとしたが、正確ではない気がした。少し考えて、思いついた答えを口にした。

——横浜という街に、復讐《ふくしゅう》したいから。

子どもじみた、というか、意味のわからない回答だったと思う。でも、私には最もしっくりくる答えだったのだ。私は横浜という街に惹《ひ》かれ、そこで孝四郎と出会った。人生を再生できると思った。なのに、私のささやかな希望は手ひどく裏切られた。孝四郎は悪くない。悪いのは、あの街だ。

二件目も、途中までは順調だった。だが、交渉が大詰めに入ったあたりからなんとなくいやな予感がした。私は計画の中断を提案したけれど、猛反対された。ここまで来たんだから、あと少し頑張れば二億円が手に入る、とメンバーたちは主張した。顔の前にぶら下げられた札束に、目がくらんでいるようだった。森さんだけは私に任せると言ってくれたけど、結局、続行することになった。

結果、私以外の三人は捕まった。

一人だけ逃げることに罪悪感はあった。けど、身体が勝手に動いていた。

駅の改札を通過する直前、私を捕まえたのは龍一だった。その手を振り切って、車両に飛び乗った。心臓が暴発しそうな勢いで鼓動していた。ドアが閉まった直後、龍一の声が聞こえた。

——逃げられないからな！

大人になった龍一の声は、若い頃の孝四郎とよく似ていた。

私は再び、地下に潜る羽目になった。

とはいえ、手元にはそれなりの金が残っていた。資産の一部は仮想通貨に換えて、足がつかない形で引き出すことができた。そういう手管も、本気で調べてみれば意外とわかるものだ。

だが、大きな犯罪を仕掛ける気力も体力もなくなっていた。とはいえ、今になって表社会で平穏に生活できるはずもない。ひとまず北陸に逃げて、偽名でビジネスホテルを転々とした。

そんな生活が一年ほど経った晩秋、あの男から連絡が来た。

その夜、いつものように安い酒をビジネスホテルで飲んでいたら、客室備え付けの電話が鳴った。驚いて電話を取ると、フロントからだった。スタッフいわく、ロビーに私と待ち合わせをしている客が来ているという。その客はなぜか「南条不二子」の名を知っていた。相手の名を訊くと、意味不明の答えが返ってきた。

――〈アルファ〉様、だそうです。

フロントのスタッフは、社名か何かと思っているようだった。だが私の本能は、もっと禍々《まがまが》しい何かだと告げていた。

迷ったが、酔いの勢いもあって、ロビーへ足を運ぶことにした。こちらの氏名まで知っているということは、無視したところで追いかけてくるかもしれない。それに、捜査機関ならこんな手は取らないだろうとも思った。

ロビーで待っていたのは長身の男だった。年齢は三十代前半か。面長で、右耳にピアスをしている。

「安斉丈といいます」

私が歩み寄ると、相手は頭を下げた。促され、ロビーに置かれた応接セットの椅子《いす》に腰を下ろした。辺りにはスタッフを含め、誰もいない。

「あの……安斉さん？　あなた、何者ですか」

「私は〈アルファ〉の指示で来ました」

安斉はセカンドバッグからスマホと新品のワイヤレスイヤフォンを取り出した。勧められるまま、イヤフォンを耳にはめる。安斉がスマホを操作すると、じきに音声が流れこんできた。

「〈アルファ〉です。はじめまして、南条さん」

低い男の声だった。

「直接訪問できず、すみません。本日は電話で失礼します」

「……誰なんです」

「拝見しましたよ、〈マザーズ・ランド〉の事業。あと一歩で捕まってしまったのは残念でしたが、無駄がなくいいビジネスでした」

そこからしばらく、〈アルファ〉は私を誉《ほ》めそやした。詐欺とか犯罪といった言葉は使わず、地面師詐欺を「ビジネス」「事業」と表現した。私には、話の着地点がまったく見えなかった。

「何を言っているのか、わかりませんが」

「失礼。前口上が長くなりました。私どものグループにジョインしていただけないか、というお誘いの連絡です」

「グループ、とは？」

「私どものような組織は、匿名・流動型犯罪グループ、通称トクリュウと呼ばれています。グループ名はありません」

〈アルファ〉の説明によると、トクリュウは、SNSなどを経由して案件ごとに実行役を集める流動的な犯罪組織らしい。主に特殊詐欺や、違法薬物の運搬などを手がけているという。要するに、犯罪組織の一味に加われ、という誘いらしい。こちらの戸惑いを無視して、〈アルファ〉は続ける。

「これはヘッドハントです。南条さんには、相応の役職を用意しています」

「役職って、会社みたいな……」

「その通り。一種の会社です。もしジョインしていただければ、私と同格の共同代表という役職に就いていただきます。肩書きは〈ドール〉。待遇も最高クラスです。南条さんが時間を持て余しているようなら、悪い話ではないかと。いかがですか？」

ふと、向かいに座る安斉を見やると、眠っているかのようにじっとうつむいていた。我関せず、という風情だ。

私はといえば、〈アルファ〉の提案に面食らっていた。言いたいことは、だいたいわかってきた。地面師詐欺を指揮していた、いわば〝実績〟を買って、私を犯罪組織にスカウトしようという意図なのだろう。だがその提案を額面通りに受け止められるほど、こちらもバカ正直ではない。

「何が目的ですか？」

「というと？」

「共同代表というのが妙です。同じ組織に、トップは二人もいらないはず。何を企んでいるんですか？」

「まずそこに気付くとは、すばらしい洞察力です」

〈アルファ〉は見え透いた世辞の後で、咳ばらいをした。

「現在、我々の組織は大きく二つの事業を進めています。特殊詐欺を中心とした既存事業と、開拓中の新規事業。しかし私は既存事業の管理推進で手一杯でして、新規がおろそかになっています。マンパワーには限界がありますから、もう一人、トップとしてそちらをまるでベンチャー企業の経営者と話をしているようだ。だが相手は、組織犯罪のプロである。

「捜査機関が発達を続けるように、組織犯罪も常に進化しています。既存事業に固執していると、いずれヤキが回ってくる。必ず、新規事業と交互に進めていかなければならないのです。そういう事情で、我々の組織ではトップを二人置いています。おわかりいただけましたか？」

「ということは、前任者がいたってこと？」

「ええ。別の人間が〈ドール〉を名乗っていましたが、事情により退会しました。私も非常に困っているんです。早く誰かに新規事業を担当していただかないと、私の身体がもたない」

ふっ、と笑いを漏らす音が聞こえた。

「申し訳ないんですが、この場で決断してください」

「今、ここで？」

「はい。持ち帰っていただくことはできません」

いつの間にか安斉が顔を上げていた。一重の鋭い目が、こちらを見ている。

「拒否されても結構です。ペナルティはありません。ただし、この場で聞いたことは忘れてください。受けてくださるのであれば、安斉から今後のことを説明します。もしよければ、安斉はそのまま南条さんの秘書として使ってください。たいていの要望には応えられるはずです」

会話は聞こえていないはずだが、安斉は同調するようにまばたきをした。

「そんな……あまりに急ではないですか？」

「ええ。ですが、人生が変わるのは常に急なものです。病気の発覚も、交通事故も、愛する人との別れも」

〈アルファ〉の言葉で、孝四郎のことが頭をよぎった。

あの時、ビールを飲むのをやめさせていたら。あるいは、入浴を止めていたら。孝四郎は死ななかったかもしれない。どれだけ悔いても過去は戻ってこない。私は、彼がいない世界で生き延びなければならない。

「やります」

喉から発せられたのは、地を這《は》うような低い声だった。

「私が、〈ドール〉になります」

安斉の目が光った。電話の向こうで、〈アルファ〉が微笑《ほほえ》んだ気がした。

「感謝します。それでは、この通話は終了します。これからの動き方は安斉から聞いてください」

「その前に。こちらからも希望があります」

「どのような?」

探るような〈アルファ〉に、敬語をかなぐり捨てて尋ねる。

「私の過去、どこまで知ってるの?」

「一応、ひと通りは」

「なら話が早い。私はね、横浜という街を心から憂えているの。あの街は平穏無事であることに慣れ過ぎている。だから、どうせ事件を起こすなら横浜近郊でやりたい。それが私の希望」

見えすいた嘘であることは、自分でもわかっている。ただ、復讐のためだとは言えなかった。〈アルファ〉に弱みを見せるのは、まだ早い。

数秒沈黙していた〈アルファ〉は、「承知した」と答えた。

「できる限り、希望には沿う」

「よろしく」

「こちらこそ。ビジネスパートナーとして、〈ドール〉の活躍を期待している」

通話が切れた。イヤフォンを外すと、安斉がすっと右手を差し出した。手のひらに左右のイヤフォンを載せる。安斉はそれをポケットにしまうと、席を立った。

「車に行きましょう。今後の話をします」

私も立ち上がり、安斉の後についていく。

もう後戻りはできない。私はこれから〈ドール〉として生きていく。ロビーから外に出ると、濃い夜の闇が待っていた。寒い暗闇のなかを迷いなく進む。

もはや、後悔も恐怖もなかった。

＊

午後の本牧埠頭には、残暑がしつこく居残っていた。歩道を歩きながら、ロンは額にかいた汗をハンカチで拭う。

待ち合わせ場所まで徒歩で来ることにしたのは、消去法だった。バスに乗ると知り合いに出くわしそうだし、自転車で来ても駐輪場があるかわからない。車は持っていない。地図アプリで検索してみると、中華街から埠頭までは四キロほどの道のりだった。仕方がないので、ロンはこうして猛暑のなかを歩いている。

——日傘、買っといてよかった。

折りたたみの日傘が直射日光を防いでくれるおかげで、いくらか暑さはまぎれている。とはいえ、日中の気温は三十度近い。歩いているだけで顎《あご》から汗が滴り落ちる。リュックサックを背負った背中は、汗でぐっしょり濡れていた。

埠頭に近づくにつれて、歩道を歩く人が少なくなっている気がする。車道を走る車は、乗用車よりもトラックのほうが多い。大型車が唸《うな》りを上げてそばを通るだけで、余計に暑苦しく感じた。

同じ中区とはいえ、ロンが本牧埠頭に来るのは初めてだった。

本牧埠頭は全国有数のコンテナターミナルであり、AからDまでの四つの突堤から成る。各突堤には企業の物流センターが建ち並んでいる他、横浜港シンボルタワーや、その周辺に広がる公園など公共施設もある。〈アルファ〉に指定された倉庫は、突堤の一つにあった。

地図アプリを頼りに進んでいたロンだが、途中、金網のフェンスに行く手を阻まれた。ここからは企業の敷地だ。再度、地図アプリで位置を確認する。だが何度見ても、指定された旧倉庫はこの先にある。裏口として使われているのか、フェンスには隙間《すきま》があり、通れるようになっていた。

——いいのか？

周囲を見回しながら、ロンはフェンスの内部へ足を踏み入れた。日傘をさしていると目立つので、たたんでリュックのサイドポケットに突っ込んだ。

広大な敷地内では、トラックやフォークリフトが盛んに行き交っている。ロンはできるだけ端に寄って歩きつつ、旧倉庫を探した。

目当ての建物は敷地の隅にあった。見たところ、学校の体育館くらいの広さだ。周りにある倉庫に比べればずいぶん小さい。一帯には業務用車両はおろか、人の気配自体がなかった。エンジン音に満ちた埠頭のなかで、ここだけがエアポケットのように静かだった。象牙《ぞうげ》色の外壁は雨垂れやカビで汚れている。出入口を見つけたが、ドアは施錠されているようだった。ためしにノックしてみると、内側から解錠される音がした。

ロンは唾《つば》を呑んだ。意を決してドアを押し開ける。ぎい、と蝶番《ちょうつがい》のきしむ音が鼓膜を擦《こす》った。

ドアの向こうは広々とした空間だった。通路などはない。天井の照明はついていたが、あえて照度を絞っているのか、建物のなかは薄暗い。だだっ広い空間には、従業員が使用していたであろうヘルメットや、錆《さ》びたコンテナが放置されていた。

空調が効いていないのか、屋内は蒸し暑かった。ロンは流れる汗を拭いもせず、倉庫の内部を見渡す。

「どこだ」

呼びかけに応じる声はない。ロンのスニーカーのソールが、コンクリートの床を踏みしめる。

「来たぞ。さっさと出てこい」

左手を伸ばし、ジーンズのバックポケットに触れる。生地越しに固いスプレー容器に触れた。通販サイトで買った催涙スプレーだ。いざという時はこれを使うつもりだった。

やがて、立ちすくむロンの死角から一人の男が現れた。

安斉丈だった。

その姿が視界に入るまで、ロンは彼の気配を感じ取ることができなかった。コンテナの陰にでも隠れていたのだろうか。白いシャツに黒いズボンという服装は、尾行した日と同じだった。

ロンの前に立った安斉は、感情を見せずに口を開く。

「いい、久しぶり」

薄笑いを浮かべた安斉を前に、ロンは息を呑んだ。

「……やっぱり、尾行はバレてたか」

「家出た時から、見え見えだったよ。途中で警察官も合流したでしょう？」

「……」

「撒いたかと思ったけど、意外にしつこかったね。そのガッツは買うけど、最初からこっちにバレてるんじゃ意味がない。あの、川崎の旧社員寮。あそこが〈ドール〉の居場所だと思ったでしょ？」

「違うのか」

「尾行されてるってわかってて、そんな重要な情報教えるわけないだろ。あそこの部屋はダミー。俺の作業部屋や物置として使っている。いくら警察があそこを張っても、〈ドール〉は出てこない」

　言葉を失った。苦労してようやくたどりついたと思った場所は、ゴールでもなんでもなかった。

「俺のこと、どうやって知ったのか当てようか。トベだろ。あれも引っかけ。あいつが俺の身元握ろうとしてるのは知ってたから、あえて会ってやった。最初から、こっちは全部わかってたってこと」

　喉の渇きを覚えた。口のなかが粘つき、うまく舌が動かない。

「でも……どうして、そんなこと」

「〈アルファ〉の指示だ」

　そうか、と今さらながら腑《ふ》に落ちる。安斉は南条不二子の秘書だが、もともとは〈アルファ〉の手下だったのだ。彼の本当の主は〈ドール〉ではなく〈アルファ〉だった。

「目的は聞かされていないが、推測はできる。きっと〈アルファ〉は、俺をおとりにして自分たちの組織を追跡する人間をおびき寄せ、そのうえで潰してやるつもりだったんだろうな」

　その罠にまんまとかかったのが、ロンだった。急速によくない予感がする。

「ロン。小柳龍一。どちらで呼んだほうがいい？」

もはや本名を知られていることに驚きはない。無言のまま睨みつけると、安斉は「ああ、そうか」と言った。

「そういえば、まだ約束を果たしてなかった」

しらじらしい口ぶりで言うと、急に声を張り上げる。

「どうぞ。お待たせしました」

呼びかけに応じて、オレンジ色のコンテナの陰から女性が現れた。照明が薄暗くとも、相手が誰であるか、ロンには一瞬でわかった。飾り気のない白のワンピースをまとい、素足にヒールを履いている。胸元のエメラルドが弱い照明を反射していた。

南条不二子が、安斉の斜め後ろに立った。

彼女の顔からは感情が抜け落ちていた。店頭に飾られたマネキンのように、虚《うつ》ろな目をしている。以前、みなとみらい駅で対峙した時の南条不二子はこんな雰囲気ではなかった。言葉を交わしたのは短い時間だが、人間らしい感情が伝わってきた。だが、今の南条不二子はまるで――

人形《ドール》だ。

安斉が、ポケットからスマホを取り出した。

「〈アルファ〉からだ」

自然と、ロンの視線は彼の手元に吸い寄せられる。安斉がスマホを操作すると、じきに音声が流れだす。

「聞こえるか、ロン？」

電話で聞いた〈アルファ〉の声だった。ハンズフリーに設定したらしく、低い声が倉庫内でこだまする。

「最初から、気付いていたのか」

大きな声を出したわけではないが、相手には届いたらしい。〈アルファ〉は「そうだ」と平坦《へいたん》な声音で答えた。

「だって、私が設置した罠だからね。気付かないほうがどうかしている。リクルーターが〈ドール〉の秘書の身元を知っているなんて、あまりにも都合がよすぎるとは思わなかったかい？　さすがに、私の電話番号を探し当ててきたのは想定外だったが……素人探偵にしては、十分合格点だと思うよ」

ロンは派手に舌打ちをした。

「偉そうに」

「ちゃんと約束は守っただろ？　そこに〈ドール〉がいるはずだ」

南条不二子は、空っぽの目のままでロンを見ていた。

「安心してほしい。親子水入らずの時間を邪魔するつもりはない」

再度、舌打ちが出そうになる。予感はあったが、ロンと南条不二子が親子であることはすでにバレていた。

「種明かしするほどでもない。〈ドール〉本人に訊いたからね」

「あっそ」

「機嫌が悪そうだね。せっかく願いをかなえてあげたのに」

〈アルファ〉は挑発している。それがわかっていても、ロンは苛立《いらだ》ちを堪《こら》えることができなかった。

「何を企んでる？」

「別に。きみが私たちの組織に加わってくれるというから、こうして対面の場をセッティングした。それだけのことだよ。気が済むまで〈ドール〉と話してくれて構わない。聞かれたくないというなら、私は離れている」

呼応するように、スマホを持った安斉が背中を向けた。そのまま一直線に物陰へ消えていく。どうやら裏にも出入口があるらしい。

ドアが開閉する音がして、安斉の足音が消えた。倉庫の空気はひやりと冷たい。広い空間の真ん中に、ロンと南条不二子だけが残されていた。

二人の間には緊張の糸が張り巡らされている。しばらく、無言で互いを観察していた。

不二子はだらりと両手を下げ、けだるそうにこちらを見ている。

「……よく、俺の前に出てこられたな」

口火を切ったのはロンだった。

「呼びつけたのはそっちでしょう?」

不二子が鼻白んだように視線をそらした。

「今までどこにいた?」

「言うわけないじゃない。それが本当に、訊きたいことなの?」

ロンは唇を噛《か》む。心のうちを見透かされているようだった。この期に及んで回り道をする必要はない。思いきって、一番知りたいことから尋ねる。左右の拳《こぶし》を強く握りしめ、下腹に力をこめた。

「どうして、あの家からいなくなった?」

不二子が「翠玉楼」から姿を消して、十五年が経とうとしていた。

いまや中華街の住民のなかには、不二子の存在自体を知らない者もいる。しかし古株の商店主たちははっきりと覚えている。ロンと顔を合わせると、消えた不二子の件を持ち出して「かわいそうに」と言う知り合いもいた。欽ちゃんのように、中華街の尊厳を傷つけた彼女を許していない者もいる。

ロンの目の前で、当の不二子が鼻を鳴らした。

「あそこはもう、私の居場所じゃなかった。それだけ」

南条不二子は、横を向いたまま語る。

「私たちが独立を計画していたこと、もう知っているんでしょう。そうじゃなければ、二件目の物件に先回りできるはずがない。あんたが帝相《ていそう》エステートに潜入していたのは、孝四郎のパソコンを覗き見たからでしょう?」

「だったら、なんだよ」

「私は孝四郎を愛していた。どうしても、翠玉楼という呪縛から孝四郎を解放してあげたかった。だから独立を決めた。なのに」

不二子がため息を吐《つ》いた。

「孝四郎がいない翠玉楼なんて、私にとっては牢獄《ろうごく》と同じなの」

「それが息子を捨てる言い訳になると思ってんのか?」

「別に言い訳する気も、あんたに許してもらうつもりもない。私はただ、訊かれたから理由を答えただけ。だいたい、こっちには捨てた意識もなかった。あんたは最初から、私の子どもだと思えなかった」

「はあ?」

「産んでから九歳になるまで、一度も愛せなかった。私だって驚いた。あれだけ愛している孝四郎との子どもなんだから、放っておいても好きになれるはずだと信じていた。でもいつまで経っても、愛情なんて湧き出てこない。ただ疎ましいだけ。だから、私はあんたを捨てたんじゃない。最初から私の子どもじゃなかった」

喉の奥が、小刻みに震えていた。

聞き間違いかと思った。こいつは何を言っているのだろう。自分は、最初からこの女の子どもではなかった？　自分たちの意思で産んでおきながら？　黒くて粘っこいものが胸の奥に張り付き、吐き気がこみあげてきた。

「私はね、物心ついた時からずっとそうなの。居場所なんて自宅にも学校にも会社にもなかった。ずーっと、居場所を探してさまよってた。孝四郎は唯一の例外。あの人がいなくなってから、私はこの世界のどこにも落ち着けない」

虚ろだった南条不二子の目に、感情の断片が浮かんできた。

「でもね……ずいぶん時間がかかったけど、やっと私が必要とされる場所がわかったの。自分にどんな能力があるかなんて、翠玉楼にいたら一生気付けなかった」

まるで、犯罪者になったことを肯定するかのような言いようだった。おぼろげながら、ロンにも不二子の心根が見えてきた。

「じゃあ、詐欺や強盗を指揮してきたのは……」

「そこに私の居場所があるから。もう、表の世界で私を必要としてくれる人なんか誰もいない。でも暗い場所なら私は輝ける。孝四郎がいなくても、ここなら一人で歩いていける」

緊張の糸が解け、ロンはうなだれた。全身の力が抜けていく。足元を見つめる両目に涙はない。ただ、底なしの虚無感がロンを呑みこんでいた。

理解したくないのに、理解できてしまった。

南条不二子は、やはり金のために罪を犯してきたのではなかった。ただただ、他に自分を認めてくれる場所がなかったからだ。そう考えると、母親ばかりを集めて地面師詐欺を仕掛けたことも納得がいった。彼女は、本当の意味でわかりあえる仲間が欲しかったのではないか。

それとは別に、ここに来てから、ロンにはずっと気になることがあった。

「意地でも呼ばないつもりか?」

南条不二子が「何を?」と応じる。

「……俺の名前」

彼女の口から出てくるのは「孝四郎」の名前ばかりだった。先ほどの話もそうだが、不二子の視界に入っているのは孝四郎だけだ。良三郎はおろか、息子のロンですら、ずっと眼中にない。

「呼んでほしい?」

不二子の口元がゆがんだ。嘲笑《ちょうしょう》というより、哀れみがこもった笑みだった。

「呼ばなくてもいい。でも、あんたがいなくなった後の翠玉楼は、消えてなくなったわけじゃない。俺やじいさんは、あれから南条不二子がいない世界を生きてきたんだ。本人にはわからないかもしれないけど」

「……」

ロンは「一つ提案がある」と言った。

「少しでいいから、じいさんと話してみないか?」

ふっ、と不二子が笑った。作り笑いではなく、思わず噴き出したようだった。

「なに? どういう意味? なんで私がじじいと話さないといけないの」

「さっき自分で言ってたよな。表の世界に居場所がないから、犯罪組織に身を置いてるんだって。だったら、表の世界に居場所を作ればいい。そうすれば、もう犯罪行為なんかしなくて済む」

「頭おかしいの?」

「それしか思いつかなかったんだよ。南条不二子を、現状から救い出す方法」

孝四郎がいない今、良三郎と不二子をつなぐことができるのはロンだけだ。孝四郎の死が南条不二子を犯罪に走らせたのだとしたら、ロンが孝四郎の代わりになることで、彼女を暗い世界から引っ張り出すことができるかもしれない。それが、ロンなりの結論だった。

不二子は笑みを消し、目を細めた。

「どうしてそこまでするの?」

ごみ捨て場の虫を見るような視線を、ロンはまっすぐ受け止めた。

「私はあんたを愛したことがない。あのじじいだって、私を許す気なんて毛頭ない。どうやったってわかり合えないの。なのに、どうしてそこまで躍起になるわけ？　なんで私を犯罪組織から抜けさせたいの？　まさか、血のつながった母親だから、とか言うつもり？」

その問いに対する答えは一つだった。

ロンは大きく息を吸いこみ、はっきりと言いきる。

「あんたも俺の隣人だからだよ」

たとえ自分を捨てた母親でも、多額の被害を出した詐欺師でも、半グレ組織の指示役でも、今ここにいる限り、南条不二子は隣人の一人だ。すべての隣人の幸いを祈ることこそが、ロンの行動原理だった。

親仁善隣。すべての隣人に等しく、仲良く。

「バカバカしい」

南条不二子は白けた顔で吐き捨てた。

「全人類を救えるはずないのに」

「俺が全人類を救うなんて言ってない。俺は、俺とかかわりのある人間のために動く。ただ、俺が助けた人間が同じように考えてくれれば、何倍、何十倍もの人を幸せにできる。その連鎖が続けば、いつか全人類が幸せになる」

南条不二子の顔はあさっての方角に向けられている。だがほんの一瞬、彼女の目が揺れた。ロンの言葉が届きはじめている。小さいが、分厚い壁に穴が空いた。

「……私は、あんたを本気で殺そうとした。それでも隣人だって言い張るの？」

「そんなの気にしてるようじゃ、〈山下町の名探偵〉は務まらないんだよ」

そのダサい二つ名を自分から口にしたのは、初めてだった。今だけはそう名乗りたかった。ほんの少しだが、これまで隣人たちのために働いてきた自分を認めてやるために。

躊躇するような間を置いて、不二子がロンに向き直った。その瞳《ひとみ》には、人間らしい感情が戻っていた。人形ではなく、南条不二子という人間だった。彼女は半歩踏み出し、おもむろに唇を動かす。

「もしも……」

「邪魔はしないと言ったが、ちょっと捨て置けないね」

不二子が語りはじめたのと、〈アルファ〉の声が響くのは同時だった。

スマホを手にした安斉が、裏口のほうから近づいてくる。ドアを開閉する音は聞こえなかったが、いつ倉庫内に戻ってきたのか。あるいは、外に出るふりをしてずっと屋内に潜んでいたのか。

スマホから〈アルファ〉の声が発せられる。

「きみは今、彼女をトクリュウから抜けさせようとしたね？」

ロンの額に汗が滲んだ。遅ればせながら、自分の迂闊《うかつ》さに気付く。少し考えれば、安斉や〈アルファ〉が不二子との会話を聞いている可能性に思い至ることができたのに。この場で堂々と、あんなことを話すべきではなかった。

「抜けさせようとして、何が悪い」

もはや開き直るしかなかった。〈アルファ〉が「そういう感じなんだ？」と面白がるように答える。

「きみと〈ドール〉を会わせる代わりに、きみは私たちの手下になる。そういう条件だったはずだけど、それも嘘だったってことか？」

「いや、約束は守る」

「言っていることがよくわからないが……」

「俺が、代わりにお前の人形《ドール》になる」

南条不二子が、はっとした顔でロンを見た。「ふーん」と〈アルファ〉が言う。

「ずいぶん自分を高く見積もっているね」

「俺じゃ不足か？」

「……きみ、頭のネジが二、三本外れてるんじゃないか？」

「よく言われる」

しばし、〈アルファ〉は沈黙した。広々とした倉庫に静寂が落ちる。汗が冷えて、リュックサックを背負った背中に寒気が走る。安斉は微動だにせず、次の発言を待っているようだった。よく見れば、彼の右耳にはワイヤレスイヤフォンが入っている。

「よし。決めた」

〈アルファ〉の声がすると、ロンと南条不二子、安斉の視線が一斉にスマホへ吸い寄せられた。

「まずは武装解除してもらう」

ロンが「は?」と言うより、安斉がスマホを持っていないほうの手を差し出すのが早かった。スマホから〈アルファ〉の声が響く。

「ズボンのポケットに入っているもの、出してくれる?」

――嘘だろ。

〈アルファ〉の発言が催涙スプレーを指しているのは明らかだった。なぜバレたのか、ロンには見当もつかない。スプレーはバックポケットに隠しているし、安斉は一度もロンの背後に回っていないはずだった。どうやって視認したのか。

迷ったが、結局、ロンはポケットから催涙スプレーを取り出した。受け取った安斉が、自分のズボンにねじ込む。

「カバンも」

安斉がさらに距離を縮める。ロンは言われるがまま、足元にリュックサックを下ろした。そうしなければ、どんな目に遭わされるかわからない。

「他には？」

「もうない」

「なら、いいけど。じゃあ次は〈ドール〉」

びくり、と南条不二子が肩を震わせた。

「……なに？」

「きみに少し手伝ってもらう」

次の瞬間、ロンの手首に激痛が走った。叫ぶ間もなく、頬を地面に擦りつけられる。気が付けば、両手首をねじ上げられ、コンクリートの床に組み伏せられていた。強引に首を背後に向けると、鬱陶《うっとう》しそうな安斉の顔があった。シャツの胸ポケットに入れたスマホから、〈アルファ〉の声がする。

「安斉を見くびっていたのだとしたら、とんだ見当違いだよ。私の代理を務めるくらいなんだから、ハイスペックな人材に決まっている。そこらに転がっているチンピラ上がりと一緒にされては困るな」

必死に抵抗するロンの背骨に、安斉の膝《ひざ》が押し付けられる。「うっ」とうめき声が漏れた。這いつくばったまま身動きが取れない。見下ろす南条不二子の目には、動揺が滲んでいた。

「〈ドール〉、聞こえるか？　よくよく考えたけど、ロンにきみの代役が務まるとは思えない。犯罪者としての才能あふれるきみと違って、彼は博愛思想の持ち主だからね。指示役はおろか、リクルーターや実行役としても不適格だ。やはり、うちの組織に迎える人材としては好ましくない」

「うるせぇ……」

ロンが反論しようとすると、安斉に後頭部をつかまれ、顔を床に押し付けられた。

「かといって、野放しにはできない。彼は私に関するプライベートな情報を握っているそうだからね」

それはロン自身が、〈アルファ〉との通話中に発した脅し文句だった。ほとんど出まかせだが、今さらハッタリだったと言うわけにもいかない。

「諸々の条件から、彼には死んでもらう他にないんだよ。最高の機密保持は、機密を持っている人間を消すことだからね」

ロンは「ふざけんな！」と両足をばたつかせたが、背中にのしかかっている安斉はびくともしない。

「〈ドール〉、それでいいよね」

「いいんじゃないの」

少なくとも表向き、南条不二子は平静を保っていた。瞳に浮かんでいた感情は消え、虚ろな目つきに戻っている。

「賛同してくれてありがとう。では、ロンを殺してもらえるかな」

「……えっ？」

「きみがとどめを刺すんだよ、〈ドール〉」

戸惑う南条不二子に、安斉が何かを投げてよこした。床を滑るそれは、鞘《さや》に収められた大ぶりのナイフだった。おぼろげな照明が、黒いプラスチック製の鞘を鈍く光らせている。

「先に言っておくけど、殺した後のことなら心配しなくていい。幸い、ここはすぐそこが海だからね。適切に処理して海に投棄すれば、見つかることはまずないだろう。凶器も同様」

冷たくなった汗が気にならないくらい、ロンの神経は凍りついていた。〈アルファ〉が言う「適切な処理」というのがどのようなものか、想像するだけでもおぞましい。無口になった南条不二子と対照的に、〈アルファ〉は軽やかに話し続ける。

「もしかして、女性が刃物一本で大の男を殺せるか、そこが気になっているのかな？　それも心配には及ばない。普通なら難しいだろうけど、安斉が押さえつけておくからね。きみは気が済むまでロンの身体を刺しまくればいい。そのうち失血死するから。絶命した後のことも、全部任せてくれ」

「冗談じゃねえ」

ロンが吐き捨てた言葉は、倉庫の高い天井にこだまして消える。

「冗談じゃないよ」

几帳面《きちょうめん》に応じる〈アルファ〉の声は、どこまでも平坦だった。

「ロン。まだわかっていないみたいだけど、きみは面接に落ちたんだよ。失格だ。企業の面接なら帰ってもらうところだが、あいにく我々は一般企業とは違う。きみは骨になって退出するしかない」

南条不二子はナイフを見つめたまま動けなくなっている。荒い呼吸がロンの鼓膜を震わせた。

「〈ドール〉、どうした？　早くしてくれ。以前きみはロンの殺害を命じたんだから、今回もできるはずだ。それとも、自分の手を汚すのは嫌なのかい？　そうなんだとしたら想像力に欠けるね」

スマホの向こうの〈アルファ〉は語るのをやめない。

「もしできないなら、代わりにきみが責任を取ることになる。子どもの不始末は、親が責任を取るものだからね」

不二子が怯えた目で、ロンの背後を見やった。安斉の顔つきはロンには見えない。だが、穏やかな表情ではなさそうだった。

「頼むよ。私もそこまでヒマじゃないんだ。この後、新しいエンジニアの面接があるからね。そろそろそちらの準備もしたい」

〈アルファ〉にとっては、人ひとり死ぬこともビジネスの一部に過ぎないらしい。ロンには微《み》塵《じん》も理解できないし理解したくもない。だが今は、そんなことを考えている余裕すらなかった。

「さあ、〈ドール〉」

〈アルファ〉の声に導かれるように、南条不二子はしゃがみこんだ。恐る恐る、ナイフの柄に手を伸ばす。彼女の喉の奥から、ぜいぜいと呼吸音が聞こえた。メイクを施した顔は紅潮している。

「早く。時間がない」

不二子は鞘を捨て、ナイフの刃を下に向けて逆手に握る。よく磨かれた刃は鏡のようだった。ヒールの音を響かせながら、ロンに歩み寄る。

「やめろ！」

ロンは叫んでいた。またも安斉に顔を押し付けられるが、それでも叫ぶ。

「これ以上、罪を重ねるな！」

スマホから「無視しろ」という〈アルファ〉の声が聞こえたが、それをかき消すようにロンは叫び続ける。

「ここで俺を殺したらさらに罪が増える。表の世界からますます遠ざかるぞ。ここはあんたの本当の居場所じゃない。いいかげん、気付けよ！」

「時間がないんだ」

あくまで〈アルファ〉の声は淡々としている。

南条不二子はゆっくりと床に膝をつき、ロンを見下ろした。ロンは全身であがくが、安斉に制圧されて逃げられない。首筋はがら空きになっている。そこに刃先を差しこまれれば、ひとたまりもなかった。

「やめてくれ！　頼むから！」

ロンは喉が裂けんばかりの勢いで絶叫する。

「なあ、頼むから……母さん！」

不二子の荒い呼吸が、止まった。

うつ伏せにされているロンには、何が起こっているかわからない。だが、空気が変わった気配はあった。安斉が「早く」と急《せ》かすが、一向にナイフは振り下ろされない。ロンが無理矢理首をねじると、南条不二子は目に涙をためていた。

「……ない」

「ん？」と〈アルファ〉が問う。

「私には、できない。この子を殺せない」

言い終わるより早く、不二子の目からぼろぼろと涙がこぼれた。スマホの向こうから、はあ、とため息が聞こえた。

「ダメだったかぁ。じゃあ安斉、後はよろしく」

次の瞬間、安斉が不二子の手からナイフを奪い取る。あっ、と不二子が叫んだ時には、すでに安斉が逆手でナイフを握り直していた。そのまま刃先を振り下ろせば、ロンの首から血が噴き出すのは必至だった。

「龍一！」

不二子の悲鳴が響き、涙が顎からこぼれ落ちる。

だがロンは、この時を待っていた。片手が自由になる一瞬を。

不二子のナイフを奪うため、安斉の右手はロンの手首から離れる。その瞬間、ロンはさっき下ろしたリュックサックへと手を伸ばす。安斉がナイフを握り直すより、ロンがサイドポケットの折りたたみ日傘をつかみ出すほうが早かった。上体をひねり、安斉の右目に向かって、渾身《こんしん》の力で日傘の先端を突き刺す。

「あっ！」

叫んだ安斉が、右目を押さえて床に転がった。解放されたロンはすぐさま立ち上がり、とっさに首の後ろを触る。幸い、ナイフの傷はなかった。床に膝をついたまま、呆然《ぼうぜん》としている南条不二子の手首をつかむ。

「逃げろ！」

なぜそう口にしたのか、ロン自身わからなかった。とにかく一緒に逃げ出さないといけない。その一心だった。不二子はよろよろと立ち上がり、歩き出そうとする。ロンはその手を引いて出入口へ駆け出す――

瞬間、右足を強く引かれて転びそうになる。

うつ伏せになった安斉が、左手一本でロンの足首をつかみ、真っ赤に充血した右目でロンをにらんでいた。

「殺す」

安斉の右手に握られたナイフが、一閃《いっせん》した。

ロンは飛び上がり、足首を刈ろうとしたナイフをすんでのところで避けた。安斉はひと呼吸で立ち上がり、正面から対峙する。日傘はいつの間にか手放していたため、武器はない。ポケットにはスマホが入っているが、通報している余裕はない。

目の端で不二子が立ちすくんでいる。逃げるのを躊躇しているようだった。

「さっさと行って、警察呼べ！」

ロンが叫ぶと、不二子は駆け出した。それと同時に、安斉が一気に距離を詰める。ナイフの柄を腰にあて、一直線に突進してくる。ロンは背を向けて、左右にかわしながら走る。このままでは一分も持たないだろうとわかった。だが、抵抗しないわけにはいかない。最後の最後まで、奇跡が起こらないとは限らない。

「待てコラ！」

安斉が殺意のこもった怒声とともに、闇雲にナイフを振り回す。倉庫内を疾走しながら、ロンは叫ぶ。

「誰か！　誰か、来てくれ！」

遠くで、不二子が出入口を開けるのが見えた。屋外の光が差しこんでくる。

その時だった。

まばゆい光を背負って、誰かがやってくる。逆光を浴びた顔は視認できない。だがその正体が、ロンには反射的にわかった。

異変に気付いた安斉が立ち止まり、振り向く。

半袖のワイシャツに身を包んだ人影は、猛然と駆けてくる。ぼさぼさの頭髪が上下に揺れる。安斉がナイフの刃先をそちらに向け、一歩踏み出す。だが次の瞬間、安斉の身体は宙を舞っていた。地面に叩きつけられた拍子に、ナイフが手を離れる。

投げ飛ばした安斉に馬乗りになった欽ちゃんは、警察手帳を突き付ける。

「こういうもんだけど」

安斉はかすかに抵抗しようとしたが、出入口からぞろぞろと入ってきた制服警官たちを目にすると、観念したように脱力した。

「欽ちゃん！」

ロンが名前を呼ぶと、当の欽ちゃんは眠たげな目をしばたたいた。

「何回目だよ。次から有料な」

じきに、安斉は制服警官たちに囲まれて倉庫の外へと連れ出された。ねっとりとした安斉の視線は、その姿が見えなくなるまでロンに絡みついていた。

「でも、どうやって」

これまでも危ない場面で救われたことはあった。ただ、それはロンが居場所を伝える工作をしてきたからだ。特殊詐欺の組織に連れ去られた時は、あらかじめスマホにGPS追跡アプリを入れていた。だが今回は南条不二子と会うこと自体、誰にも伝えていないはずだった。

「ヒナに訊け」

欽ちゃんはそれだけ言って、ワイシャツの汚れを払い、出入口のほうへと歩き出した。

南条不二子は制服警官から事情を訊かれていたが、うつむいたまま何も答えようとしない。代わって、欽ちゃんが彼女の正面に立った。感情が溢《あふ》れるのを耐えるように目元を擦り、はっきりと告げる。

「行きましょう」

小さくうなずいた南条不二子は、二人の警官に左右を挟まれ、倉庫の外へと歩み出す。その背中はすぐに見えなくなった。彼女は最後まで、一度も振り返らなかった。

放心していたロンは我に返る。欽ちゃんの姿は見えないが、周囲では警官たちが忙しく立ち働いていた。ここは犯罪の現場なのだ、と当たり前のことに気が付く。今さらながら、両手首に痛みを感じる。

これから、南条不二子には厳しい取り調べが待っているだろう。彼女が犯してきた罪を考えれば、軽い刑で済むとは思えない。被害者への謝罪や弁済とも向き合わなければならない。

それでも、よかった、とロンは思う。これで南条不二子が罪を重ねることは、なくなったのだから。

ロンの耳の奥に、自分自身の叫びが蘇った。

――母さん！

九歳の頃に失踪して以来、彼女を「母さん」と呼んだのはあれが初めてだった。

瞼《まぶた》を閉じると、小さな残像が焼き付いていた。それは、緑色に輝くエメラルドの影だった。

8

「まずは、謝ってくれる？」

正面に陣取ったヒナが、剣呑《けんのん》な視線をロンに突き刺す。

十月の昼下がり、四人はいつものように「洋洋飯店」の片隅で顔を突き合わせていた。最後に到着したのはロンで、席につくなり「被告人が来たよ」と凪に言われた。マツはフォロー不可能だと言いたげに苦笑した。

「謝るって……何を？」

「言われなきゃわかんないの？　ねえ、本当に？」

ヒナが今にも噛みつきそうな勢いで、身を乗り出す。ロンは「待て待て」と懸命に頭を働かせる。

「あの……黙って南条不二子に会いに行って、すみませんでした」

「あとは？」

「あと、みんなに嘘ついて、すみませんでした」

腕を組んだヒナが「そうだよね」とふんぞり返る。

「ロンちゃん、警察に任せるってことで同意してたよね。なのになんで、みんなに隠れてこっそり会いにいくわけ？　あの話し合いってなんだったの？　人の好意を踏みにじってなんとも思わない？」

「まあまあ、いったんその辺で」

隣に座る凪がなだめると、ふん、とヒナが鼻から息を吐いた。

「ロンの気持ちもわからないとは言わないけど、さすがに無謀だったよね。せめて、もう少し準備できなかったの？　催涙スプレー一本で立ち向かうのは、私にはヤケクソにしか思えないけど」

「いや……安斉があそこまで強いと思わなかったから」

「せめて俺がいたらなぁ」

マツが肘《ひじ》をついて麦茶を飲む。たしかにマツがいれば安斉に対抗できただろうが、そもそも他人の同席が許されていたとは思えない。ヒナの怒りはもっともだが、何度考えても「ああするしかなかった」というのがロンの本音だった。

「なあ、ヒナ」

「はい？」

ヒナが真顔で首をかしげた。切れ長の目に浮かんだ苛立ちはまだ消えていない。

「俺があそこにいるって、どうやって知ったんだ？」

「どうやったと思う？」

「それがわからないんだって」

「……訊けば教えてもらえると思わないで」

すっ、とヒナが視線を逸《そ》らす。

「マツと凪は？　知ってるんだろ？」

「教えなーい」

マツがにやにや笑いながら、両手でバツ印をつくった。完全に遊んでいる。

「少し前に、通販サイトからメール届かなかった？」

助け舟を出してくれたのは凪だった。

「通販サイト？」

「商品の注文状況を確認してください、みたいな」

その場でスマホを確認する。たしかに通販サイトからのメールが、催涙スプレーを受け取った直後に届いていた。ＵＲＬをタップすると、サイトのトップページへ飛ぶようになっている。

凪は「まだわかんない？」と呆れている。

「わかんない」

はーあ、と声に出してヒナがため息をついた。

「全然覚えてないよね」

「何を？」

「そのURL、よく見てみなよ」

ロンはスマホに顔を近づけ、食い入るように見つめる。思わず「あっ」と声が出た。よく見ると微妙にURLのスペルが違う。通販サイトと酷似しているが、偽サイトだ。

「これは、フィッシング詐欺で使うのとまったく同じツールで作成された偽サイトなの。ロンちゃんのためだけに用意された、特注偽サイト。URLを踏むと、スマホがマルウェアに感染するようになってる」

「誰がやったんだ」

「こんなことできるの、一人しかいないでしょ？」

ロンの脳裏に、全身ブルーの服を着た少年の顔が浮かぶ。

――蒼太め。

「まあ、依頼したのはわたしだけど」

ヒナが白状した。マルウェアの使用はれっきとした犯罪、と言っていたのはヒナだった気がするが、さすがに言えない。

「なんでこんなこと」

「わたし、前に説明したよね。デジタル端末を遠隔操作できるマルウェアがある、って。感染させた側からすれば、スマホの情報は抜き放題」

ロンはこわばった顔で、テーブルに置いた自分のスマホを見る。

「まさか……」

ヒナはスマホを指さし、得意げに「そのまさか」と返した。

「この半月、ロンちゃんのスマホの通信内容はわたしに筒抜けです」

「やりすぎだろ！　俺のプライバシーは？」

「わたしたちに嘘をついた罰だよ」

そう言われると、返す言葉がない。ロンはうなだれつつ、この半月、いかがわしいサイトにアクセスしていないか必死で思い出そうとした。落ちこんだロンを見て満足したのか、ヒナが「それは冗談として」と言う。

「正直に言うと、一瞬でも〈アルファ〉の電話番号を見せちゃったのはわたしのミス。後になってすごく反省した。普段は適当なくせに、ああいう時は力を発揮するのがロンちゃんだからね。ほんの一瞬だけ見せた番号も暗記しちゃってるだろうって思った。だからこっそり監視することにしたの」

「じゃあマルウェアを感染させた時点で、俺が南条不二子と会う、って証拠があったわけじゃないのか？」

「ほぼ確信はしてたけどね。ただ、こっちの考えすぎって可能性ももちろんあった。その時は、無実の人に勝手にマルウェアを感染させたことになるから、正直に謝ろうって思ってた。でも……最悪、それでもよかった。ロンちゃんが無事でいてくれるためなら、嫌われる覚悟はできてた」

ロンは、ひと言言ってやろうと開きかけた口を閉じた。ヒナがどれだけ心配していたかを想像すると、とても言えなかった。

「でもロンちゃんを監視しはじめたら、案の定、ソッコーで〈アルファ〉に電話してたってわけ。あ、ウェブの検索履歴とかは見てないから安心してね。いやらしいサイトにアクセスしてるかもしれないけど」

「……してないって」

「その時点で、不二子さんと会うのは確定。ロンちゃんがスマホのメモ帳に記録してくれたおかげで、会う日時も場所もわかった。その情報を欽ちゃんに渡して、わたしたちの仕事は終わり」

その後は警察に一任したが、当日は出入口のロックが破れず、なかなか倉庫内に突入できなかったのだという。欽ちゃんからヒナに「助け出すのが遅くなってすまなかった」と謝罪の連絡があったらしい。

——俺のところには、何も連絡なかったんだけど……

喉元まで出かかったセリフを、ロンは呑みこんだ。

「そういうわけで、ロンちゃんの居場所は無事に特定されました。めでたしめでたし」

話を終わらせようとするヒナに、ロンは「ちょっと待て」とスマホを指さす。

「俺のスマホ、今もそのマルウェアに感染してるってことか？」

「そうだね」

「まだ監視されてんのかよ。いいかげんにしてくれ」

マツが愉快そうに「別にいいんじゃない？」と茶化す。

「また隠し事するかもしれないからな。ヒナに監視しといてもらえよ」

「勘弁してくれって」

「しょうがないなぁ」とヒナは嘆息する。

「一日預けてくれたら、セキュリティツールで駆除してあげる。どうする？」

「お願いします」

テーブルにぶつかりそうな勢いで、ロンは頭を下げる。ヒナは「よし」と応じて、ロンのスマホに手を伸ばした。凪が麦茶を飲みながら、「それはそれとして」と話を仕切り直す。

「目的は達成できた？」

ライトグリーンのTシャツを着た凪は、真剣な目をしていた。

「南条不二子との会話の内容を細部まで教えてほしいとか、そんなことは言わない。でも、目的を果たせたのかだけ教えてほしい」

「……果たせたよ」

必ずしも、ロンが想像していた回答ではなかった。だが、彼女に訊きたいことは訊くことができた。危険な橋を渡った意味は、ゼロではなかった。「ならいいけど」と凪がうなずき、マツは「ジャーナリストやった甲斐があったわ」と言う。ヒナは目元の険を緩めて、手元に視線を落とした。

「とにかく、無事でよかった」

ロンは三人の顔を順に見ながら、「ありがとう」と口にする。

「今までいろんな事件に関わってきて、思い上がってたところもあるんだと思う。でもあらためて、一人じゃ何もできないってわかった。悪いけど、これからもみんなに助けてほしい」

「最初からそう言えばいいんだよ」

マツが胸を張る。ヒナも「そうそう」と同調した。

「じゃあまあ、この件に関しては終わったってことでいいかな」

話を切り上げようとした凪を、ロンは「いや」と制する。

「まだ、やらなきゃいけないことがある」

三人が神妙な顔でロンを見る。

たしかに、事件は終わった。だが――

過去の清算は、はじまったばかりだ。


留置場の面会室に、杖をつく音が響いた。

良三郎は「よいしょ」とパイプ椅子に腰かける。ロンは着席するところを見守ってから、隣の椅子に腰を下ろした。手伝うと怒られるため、あえて手は貸さない。

「こっちが会いに来ているのに、待たされるのか」

席に落ちつくなり、良三郎は口をとがらせた。

「色々あるんだろ。取り調べ中なのかもしれないし」

「勾留《こうりゅう》ってのはそんなに忙しいもんなのか？」

悪態をつく良三郎を、「まあまあ」となだめる。ロンにはわかっていた。祖父の口数が多いのは、緊張を隠そうとしているからだと。

良三郎をここへ連れてくるまで、ずいぶん苦労した。

――俺は、会わんからな。

ロンが留置場へ行くことを提案した当初、良三郎は頑として同意しなかった。頭を下げるべきは向こうだ。どうしてこちらが馳《は》せ参じてやらないといけないのか。だいたい、会っても話すことなどない。さまざまな理由を並べて面会を拒否する良三郎を、ロンは根気強く説き伏せた。

――あっちにはあっちの理屈がある。一度でいいから耳を傾けろよ。

――じいさんが考えてることだって向こうには伝わってないぞ。

――この状況を見て、死んだオヤジが喜ぶと思うか？

最後のひと言は、特に効いたようだった。

――なんでお前は、自分を捨てた母親のためにそこまでする？

良三郎は念を押すように、ロンへ問いかけた。答えは決まっていた。

――隣人だから。

面会室に入ってから五分ほど経った頃、分厚いアクリル板の向こう側にあるドアが開いた。女性警察官に連れられ、南条不二子が入室した。彼女が顔を上げた瞬間、良三郎が息を呑んだのがロンにはわかった。

南条不二子は、グレーのスウェットにジーンズというラフな服装だった。椅子に腰かけた彼女は、化粧気のない顔で二人を見た。

「何の用？」

愛想のかけらもない声音だった。良三郎は固く口を閉じている。このままでは埒《らち》が明かない。ロンはアクリル板越しに、母親に話しかける。

「今日は話をしに来た」

「なんの？」

「うちを出てからあんたがどうやって暮らしてきたのか、教えてほしい」

良三郎が怪訝そうな顔をした。何を話すのか、ロンも前から決めていたわけではない。ただ、南条不二子がなぜ〈ドール〉になったのか知りたい。彼女の顔を見ているうち、自然とそう思った。

「取り調べじゃないんだから」

南条不二子は失笑した。

「何が目的なの？　〈アルファ〉の身元なら、本当に知らないから。私は会ったことすらないんだから」

「そんなのはどうでもいい。俺は、あんたに新しい居場所を用意したいだけだ」

疑わしげな母親に、ロンは「勘違いするなよ」と釘を刺す。

「俺はあんたを許していない。翠玉楼から消えたことも、詐欺や強盗でたくさんの人を傷つけたことも、何一つ許していない。あんたが指示した事件のせいで亡くなった人だっている。あんたはこれから嫌っていうほど、自分がやってきたことと向き合うんだ。刑を受けるのはもちろんだし、被害者への謝罪なり弁済なり、やるべきことはちゃんとやってほしい」

仏頂面の南条不二子に、ロンは「ただ」と言う。

「あんたを爪《つま》はじきにしたところで、根本的な解決にはならない。だったら、もう罪を犯さなくてもいいように居場所を作ってやりたい」

「ずいぶん偉そうだね。何様のつもり？」

「何様って、そりゃ、あんたの息子だよ」

ロンは母親の目を凝視しながら、語り続ける。

「縁を切ってやろうかと何度も思った。でもそのたびに、オヤジの顔がよぎるんだよ。俺を愛してくれたオヤジの顔が。そのオヤジを、あんたは愛してたんだろ。あんたが俺を愛してないことは知ってるし、俺も誰かを愛することの意味がわからない。でもあの倉庫で、ちょっとだけ、本当にちょっとだけ、愛するってのがどういうことかわかった気がした」

ナイフを手にした南条不二子は、最後までロンを刺せなかった。ロンはそんな母親を「母さん」と呼んだ。そして不二子は、刺されそうな息子に「龍一」と呼びかけた。目を凝らさなければ見えない、小さなシミのようなものかもしれない。それでもあの時、二人の間には愛に似たものがあったと、ロンは思う。

「認めたくないけど、俺はあんたの息子なんだ」

ロンの言葉を噛みしめるように、不二子は口元を固く結んだ。良三郎は黙ってロンの横顔を眺めている。アクリル板越しに伝わってくるのは、重い沈黙だけだった。

　――通じないか。

　相手が雄弁に語ってくれるとは思っていなかったが、それでも、無反応は少なからず応《こた》えた。

　後ろで控えていた警察官が、不二子に歩み寄る。今日はここまでか、と思った瞬間、か細い声が聞こえた。

「……孝四郎もそうだった」

「えっ？」

「話している相手から、視線を外さなかった」

　その時、南条不二子の目が潤んだ気がした。

　ロンはとっさに腰を浮かせる。だが彼女は警察官に促され、パイプ椅子から立ち上がり、部屋を去ろうとする。

「話してやる」

　響いたのは良三郎の声だった。不二子が足を止めた。

「あんたがいなくなってから、こいつを育てるのがどれだけ大変だったか。置き去りにされた側の言い分を、これから嫌っていうほど話してやる。だから、そっちもそっちの理屈があるなら好きに話せばいい」

　良三郎は腕を組み、うつむいたまま一気にまくしたてた。不二子は呆然と立っていたが、

「歩きなさい」と命じられ、とぼとぼと歩き出した。そのまま、彼女の背中はドアの向こうに消えていく。

ロンと良三郎は、すぐにその場から立ち上がることができなかった。

吐き捨てた良三郎は、不二子が消えたドアを睨んでいた。

「……これでいいか」

「ああ。十分だ」

「生意気な言い方すんな」

杖をつく音が、一際大きくこだました。「よいしょ」と言い、良三郎が椅子から立ち上がる。ロンはその挙動を注視しながら、横に並ぶ。

最初から、たった一度の面会でわかりあえるとは思っていない。一足飛びに距離を縮める方法なんてない。しかし一歩ずつ歩み寄れば、いずれ互いの手が触れ合う時は来るはずだ。

これからも、ロンは南条不二子のもとへ通い続ける。それだけはたしかだった。

――じゃあな、母さん。

心のなかで告げて、ロンは面会室のドアを閉めた。

午前十時ちょうど。事務所のドアを開けると、清田がデスクに座ったまま、横浜市歌を歌っていた。視線はノートパソコンのディスプレイに注がれている。パソコンから流れているのは聞き覚えのあるメロディだった。

ロンは思わず「清田先生」と声をかけていた。

「ああ、おはようございます」

「何やってるんですか」

「横浜市歌の練習」

「見ればわかりますけど」

デスクにリュックサックを下ろし、わけを問う。清田は寝ぐせのついた頭を掻きながら、

「いやあ」となぜか照れていた。

「横浜市民なら全員歌えると聞いたんで。ほら、うちの依頼者はほとんど横浜在住の人でしょう？　これを歌えるようになったら、私も真の横浜市民として認めてもらえるんじゃないかと」

「他にやることあると思いますけど」

パソコンの内蔵スピーカーからは「こーのよーこはーまにーまーさるーあらーめやー」と歌が流れ続けている。

「それに、歌えない横浜市民もいると思いますよ。学校行事で歌ってない人とか、いるんじゃないですか」

「そうなんですか？」

落胆したように、清田が眉を八の字にする。やっぱりこの人はどこか抜けている。ロンが着席してノートパソコンを開くと、清田が歌を止めて「そういえば」と言った。

「その後、南条不二子さんとは会えましたか？」

「ええ。留置場で会ってきました」

本牧埠頭で不二子が捕まったことも、その場にロンがいたことも、清田はすでに知っている。「そうですか」と言った清田は、続く言葉を平然と放つ。

「前々から、どうなることかと心配してたんです。小柳くんは時々、無茶なことをしますから」

キーボードを叩きかけたロンの指が、止まった。〈ドール〉を捜索していたことは、清田にはバレていないはずだった。

「……前々から？」

「言ったじゃないですか。ここ、天井が薄いからテレビも聞こえるって。良三郎さんとの会話もほとんど聞こえてましたよ。あと、私が外出から帰ると来客用のペットボトルのお茶が減っていることがあったので、何か企んでいるんだろうなとは思っていました。総合的に考えて、小柳くんが〈ドール〉こと南条不二子への接触を図っていることはわかっていました」

ロンはむっとした顔で清田を見返すしかなかった。抜けているかと思えば、妙に鋭いところがある。

「なんで黙ってたんですか」

「逆に、なんで言うんですか。こっちが問いかけたところで、どうせ正直に話してくれなかったでしょう？」

「それは、まあ」

「私は小柳くんの顧問弁護士です。求められていないのに手を差し伸べることはしません。顧客の意向に反するからです。ですが、小柳くんが助けを求めてきた時に、動ける準備はしていました。結果、私の出番がなくてよかった……と言うべきでしょうか」

どんな準備をしていたのか、ロンは想像もつかなかった。清田は「小柳くん」と呼びかける。

「あなたはもっと、周囲に助けを求めていいと思いますよ。私たち弁護士が法律に通じているのは、困っている人を助けるためです。門は常に開かれています。いつでも、どのようなことでも、私に相談してください」

精悍《せいかん》な顔つきをロンに見せた直後、清田は大口を開け、「っしょい！」と盛大なくしゃみをした。抜けたところを見せないと、気が済まない性分なのだろうか。「秋の花粉かなぁ」とぼやく清田に、ロンは「じゃあ」と言う。

「さっそく相談したいんですけど」

「なんでしょう？」

「弁護士になるには、どうすればいいですか」

清田が「ほう」と、眼鏡のレンズの向こうにある目を見開いた。

「興味がありますか？」

「多少は」

本音を言えば、弁護士になりたいというより、清田のような弁護士になりたい。

困っている人たちを支え、街の住人から気軽に相談を持ちかけられるような存在。それはロン自身、二十歳《はたち》の頃から目指していた理想の姿だった。だがさすがに、面と向かって言うには照れくさすぎる。

清田はそんなロンの本心に気付くそぶりもなく、顎をなでて何かを思案していた。やがて、生真面目な顔で言う。

「とりあえず、お昼に紅林へ行きましょう」

「先生、あの店好きっすね」

「あそこの唐揚げを食べながら、説明します」

「先生のおごりですか？」

「支払いは各自で」

ロンは肩をすくめて、ノートパソコンに向き直る。

今日も山のような事務作業が待っている。だが、警備員のアルバイトをしていた時のような徒労感はない。ここは法律事務所だ。弁護士になるのなら、どんな雑務だってきっといつかは生きるはずだった。


足が棒になる、というのはこういう状態なのだろう。

パンパンに張ったふくらはぎは休息を求めている。昼過ぎからみなとみらいを歩き回ること、三時間。雑貨店の前でロンが考えているのは、早くどこかに座りたい、ということだけだった。

やがて、会計を済ませたヒナが出てきた。膝の上には紙袋が載っている。

「いい買い物できたね」

「うん……そうだな」

購入したのは、凪とジアンの結婚祝いの品だった。ロン、ヒナ、マツの三人で贈ることに決まったが、例によってマツは「忙しいから二人で選んどいて」と言い放った。どうせ、マツは来たところで戦力外だが。

ヒナの買い物の長さは、相変わらずだった。あっちの店に寄っては棚を隅々まで物色し、こっちの店に寄っては微妙なカラーバリエーションの違いをすべて確認する。最初は議論していたロンも、だんだん口数が少なくなり、最後はヒナの後ろで見守っているだけの存在になった。

さんざん悩んで選んだのは、ペアのタンブラーセットだった。凪もジアンもお酒を飲むことにちなんでいる。

「どうしよっか？ わたし、個人的にもうちょっと見ていきたいんだけど……」

「カフェ。いったんカフェ入ろう」

食いぎみにロンは提案した。ヒナが「そうしよっか」とうなずいてくれたので、ほっとする。

二人はマークイズ一階のカフェに入った。テラス席が選べると聞いたため、そちらを選ぶ。週末とあって、白い舗道の上は行き交う老若男女でいっぱいだった。立ち並ぶ街路樹の向こうには、横浜美術館がそびえている。ヒナの希望で甘いものを食べることになり、そろってチーズケーキを注文した。

「今日、ちょうどいい気温だね」

吹きわたる風にヒナの髪が揺れた。あれだけつらかった猛暑は、いつの間にか去っていた。

「知ってるか？ 陶《タオ》さん、引退撤回したの」

「そうなんだ。元気になったのかな？」

「一時期よりはだいぶいいらしい。欽ちゃんから聞いた話だけど」

昨日、ロンは中華街の路上で欽ちゃんと行き会って立ち話をしたばかりだった。

欽ちゃんによれば、強盗被害に遭った直後に比べて、陶さんの調子はかなり復活してきたらしい。そのため息子の説得に応じて店主を続けることにしたが、発展会の理事は辞めることになったという。周囲は止めたが、中華街の評判を落とした責任を取る、と言ってきかなかったそうだ。

「そっか……でも陶さんがお店を続けてくれるのは嬉しいな」

コーヒーとチーズケーキが運ばれてきた。ロンはコーヒーで喉を潤してから、ケーキを口に運ぶ。甘さが疲れた身体に染みた。

「あと、陶さんの事件は別の組織の犯行だったたって」

「えっ？〈ドール〉、というか不二子さんは、関係なかったってこと？」

ロンは苦い顔でうなずいた。最近になって実行役が逮捕されたらしく、別の組織と紐《ひも》づいていることが明らかになった。

「最近、強盗事件が多発してるだろ。複数の組織が入り乱れていて、犯行直後はどこの仕業かわかりにくくなっているらしい。ただでさえトクリュウは出入りが激しいし、捕まえるまでは警察にもわからない、って欽ちゃんが言ってた」

「〈アルファ〉はどうなったの？」

「全然足取りがつかめない、って」

〈アルファ〉の捜査には、神奈川県警も手を焼いているようだった。安斉を問い詰めても一切口を割らないし、スマホの通信記録を追ってもたどり着けない。日本国内にいるのかどうかすら、定かでないという。

「お願いだから、そっちには首を突っこまないでね」

ヒナがじろりと睨み、釘を刺した。「わかってる」とロンも応じる。もう、スマホにマルウェアを仕込まれるのはこりごりだった。

ケーキを食べ終えたヒナは、「お手洗い行ってくる」と席を外した。テラス席に、ロンは一人残される。秋風が、足元に枯れ葉を運んできた。ぼうっと通りを眺めていると、ポケットのなかのスマホが震動した。清田からのメールだった。

〈よければ参考にしてください。〉

メールには、通信教育課程のある大学法学部がずらりと列挙されていた。大学名、公式ウェブサイト、授業料の概算などが一覧になっている。ざっと目を通してから、ロンは感謝を伝えるメールを打った。

弁護士になる方法を相談したところ、清田からはまず、大学の法学部に行くことを勧められた。

――他学部でも司法試験を受ける方法はありますが、個人的には法学部をお勧めします。

いずれにせよ法律を勉強する必要はありますし、体系的に学習できるに越したことはありません。通学が難しければ、通信教育という手もあります。

このことはまだ良三郎にも話していない。もう少ししたら、打ち明けるつもりだった。できれば学費は自分でなんとかしたい。多くはないが、ロンにも貯金はあった。伊達《だて》に何年もフリーターをやっていない。

——ヒナに言ったら、喜ぶかな。

ヒナのことだから、きっと素直に応援してくれるだろう。だが今はそれよりも、言わなければいけないことがある。

ヒナがまだ戻ってこないことを確認しつつ、スマホで〈トイカエス〉を起動した。この生成ＡＩに相談するのは久しぶりだ。指先を走らせ、言葉を入力する。

〈こんにちは〉

〈こんにちは！　何か相談したいことがありますか？〉

〈好きな人に、好きだと伝えるにはなんて言ったらいい？〉

答えはすぐに返ってくる。

〈あなた自身の言葉で伝えたほうが、お相手もきっと喜ぶと思いますよ〉

苦笑したロンは、スマホをポケットにしまう。じきにヒナが戻ってきた。急に緊張してくる。ロンは手のひらの汗をジーンズに擦りつけて、口を開く。

「あのさ」

「ごめん、コーヒー冷めちゃったね。二杯目頼む？」

「好きなんだ」

「……え？」

「俺、ヒナのこと、好きなんだと思う」

ヒナはカップの取っ手を握ったまま、真顔で固まっていた。通りを渡る風が、また枯れ葉を吹き寄せた。

「誰かを好きになるってどういうことなのか、ずっとわからなかったんだよ。生まれてからずっと。ただ、なんか最近、やっと少しだけわかってきた気がする。たぶん俺は、自分を好きじゃなかったんだ。こんな人間に誰かを愛する資格なんてないって、そう思い続けてた。だからどれだけ好意を向けられても信用できなかったし、それに気付くこともできなかった。でも」

話しているうちに、なぜだか涙が滲んできた。

「みんなが教えてくれたんだよ。ヒナが、マツが、凪が。蒼太が、伊能さんが。涼花が、チップが。清田先生が、大月先生が。じいさんが、南条不二子が。俺に関わったみんなが、教えてくれた。こんな俺でも人を好きになる資格があるんだ、って。誰かを愛していると、堂々と宣言していいんだ、って」

ロンは手の甲で目元を拭い、赤くなった目でヒナを見た。

「俺、ヒナのことが好きなんだよ」

本当は、泣きたくなんかなかった。大事な場面で涙を流すような、情けない男だと思われたくなかった。けれど、湧きあがる感情を抑えようがなかった。

「何があってもヒナが認めてくれたから、俺は生きてこられた。ヒナが俺を人間にしてくれた。そんな相手、人生のなかでヒナしかいない。だから図々しいかもしれないけど、これからも一緒にいてほしい」

通りには、子どもがはしゃぐ声やカップルの笑い声が響いていた。だが今、この瞬間、ロンの耳に聞こえるのはヒナの息遣いだけだった。ヒナは数度まばたきをしてから、すっ、と息を吸った。

「ダメ、って言ったら？」

血の気の引く音が聞こえた。真っ青な顔になったロンを見て、ヒナが小さく笑う。

「ごめんね。二十年も待たされちゃったから、少しだけ意地悪したくなった」

それから、ヒナは咳払いをして、正面からロンに向き合った。

「ロンちゃん。好きだよ、わたしも」

ロンはヒナから決して目を逸らさない。ヒナもまた、ロンを見つめていた。

強い風が吹き、足元で枯れ葉が舞った。

空高く舞い上がった一枚の枯れ葉は、テラス席のパラソルを越え、さらに遠くへ飛んでいく。やがてゆっくりと降下し、見知らぬ誰かの足元に落ちる。ロンはまだ知らない。その誰かが、いずれ横浜中華街法律事務所のドアをくぐることを。

だがいつでも、どんな相手であっても、助けを求める人間をロンは拒まない。

すべての隣人《ネイバーズ》たちに幸あれ。

それが小柳龍一の、心からの願いだった。

ハルキ文庫

い 27-6

中華街《ちゅうかがい》の子《こ》どもたち 横浜《よこはま》ネイバーズ❻

著者 岩井圭也《いわいけいや》

2025年4月18日第一刷発行

発行者 角川春樹

発行所 株式会社角川春樹事務所
〒102-0074 東京都千代田区九段南2-1-30 イタリア文化会館

電話 03(3263)5247(編集)
03(3263)5881(営業)

印刷・製本 中央精版印刷株式会社

フォーマット・デザイン 芦澤泰偉
表紙イラストレーション 門坂 流

ISBN978-4-7584-4706-5 C0193 ©2025 Iwai Keiya Printed in Japan
http://www.kadokawaharuki.co.jp/[営業]
fanmail@kadokawaharuki.co.jp[編集] ご意見・ご感想をお寄せください。